RÉGINE DETAMBEL

Sarah quand même

roman

ACTES SUD

Voici l'heure où l'on peut douter de tout, de l'homme et du monde, et du sort que l'avenir réserve au droit. Mais on ne peut pas douter de la souffrance des hommes. Elle est la seule chose certaine à cet instant du siècle.

GEORGES DUHAMEL

1

Il y a quelques années, juste avant la guerre, elle jouait encore Jeanne d'Arc. Et le public se déplaçait pour aller la voir parce que Sarah Bernhardt sur scène a toujours été un choc. Le public sait bien qu'à la question de l'évêque, Jeanne d'Arc va répondre dix-neuf ans. Et ça n'a pas manqué, l'évêque a demandé d'une voix rauque : Quel âge avez-vous ? Sarah a répondu : Dix-neuf ans. Et elle a fait mouche, on se laisse avoir à chaque fois. Le coup a porté à tous les plexus, il a ricoché dans toutes les têtes. Alors le public s'est levé, groggy, un peu vacillant, et lui a fait une ovation. L'énergie qu'il faut pour dire j'ai dix-neuf ans quand on en a près de soixante-dix et qu'on flotte dans une informe robe de bure.

Je suis sûre qu'elle est encore capable de leur faire gober une chose pareille, d'empoigner mille personnes et de les malmener jusqu'à leur faire admettre qu'elle a vraiment dix-neuf ans.

Comment est-ce possible ? Peut-être parce que ce public-là voit seulement le rôle et pas la personne alourdie et bancale qui le joue. Peut-être aussi que Sarah sait parfaitement jouer pour l'oreille. L'oreille peut presque tout supporter. Sauf qu'aujourd'hui la majeure partie du public n'a plus d'oreille pour entendre l'impétuosité d'une voix, mais des yeux partout, des yeux plein la tête, des yeux à la place du ventre. Les yeux ne peuvent pas supporter d'entendre dire j'ai dix-neuf ans par une femme qui a déjà tellement vécu. Les yeux ressentent terriblement la discordance. Les yeux n'aiment pas ce qui leur rappelle leur petitesse. Ils sont sans imagination et sans beauté. En vérité les yeux n'y voient rien. Pour distinguer quelque chose d'un corps ils ont besoin que ce corps, ces seins, ces fesses soient enveloppés de la gélatine de la jeunesse. Et les fesses ne peuvent pas dire j'ai dix-neuf ans quand elles en ont soixante-dix. Alors les yeux se ferment en criant à l'imposture, ils clignent de rage et vont chercher ailleurs la gélatine dont ils ont besoin pour lubrifier leur pensée.

Mais elle, c'est Sarah Bernhardt, et le public a déjà oublié qu'on l'a amputée au-dessus du genou droit, que sa célèbre crinière a blanchi, que sa peau de cavalière a été distendue par les liftings, que son sang et ses reins sont bouffés par l'urée.

Le public vient pour la lumière. Pour un choc de lumière. Pour encaisser des coups de lumière animale quand s'ouvre le rideau jaune de son théâtre. Pour se faire taper dessus, se faire foudroyer par Sarah Bernhardt. Au théâtre la lumière est lente. Elle met parfois des années pour passer la rampe mais quand elle l'a passée une fois, deux fois, cent fois, elle se déverse ensuite sans compter. Et même si la source de cette lumière s'est presque éteinte, elle continue pourtant de se répandre, comme celle qui vient des étoiles et touche les yeux humains seulement après que l'étoile est morte. Sarah est une spécialiste de cette lumière d'étoile à viscosité de lave, et je pense que son génie consiste à conserver indéfiniment, à cumuler et à transmettre à la demande les étincelles qu'elle a émises un demi-siècle auparavant, gardées intactes par on ne sait quel tour de passe-passe, et à leur faire passer la rampe plus sûrement que les autres comédiens qui eux en sont absolument incapables. De pauvres bêtes à silex qui produisent avec effort leur flamme infime aussitôt qu'on a frappé les trois coups.

Sarah est une castagne de lumière. Pourquoi se déplacer sinon ? Pourquoi serait-on venu l'applaudir en 1900 quand, à cinquante-six ans, elle avait glissé des collants blancs dans des bottes de peau et endossé un uniforme d'officier pour jouer un gosse même pas majeur, l'Aiglon, le fils tubard de Napoléon et de Marie-Louise, le petit duc de Reichstadt dans sa prison dorée de Schönbrunn ? À soixante, elle traînait derrière elle des amants deux fois plus jeunes que son propre fils, mais elle jouait quand même Phèdre, et on y croyait, à ses états d'âme, comme quoi elle se sentait un monstre parce qu'elle était tombée amoureuse du maigre rejeton que son mari avait eu avec une Amazone.

Et ce n'est pas fini, avec elle ce ne sera jamais fini, elle aimerait étudier le jeu d'une bête qui nage, d'un léopard en pleine course, d'une cathédrale même, parce qu'elle est capable aussi de faire parler les pierres, et son idéal est de renverser son public, comme ça, d'une simple torsion du poignet, de lui asséner un feu continu de syllabes en vociférant à balles réelles.

Je n'ai jamais vu quelqu'un d'aussi fort. Je veux qu'elle ait toujours cette puissance.

Je n'ai jamais rencontré non plus quelqu'un d'aussi dur.

Qui suis-je ? Sa maîtresse ? Impossible à penser sans rire. Il y a vingt ans, oui, j'ai été sa maîtresse. Deux jours. Au troisième elle avait déjà quelqu'un d'autre en vue. Elle a glissé hors de mes bras. Elle ne m'a plus laissé l'approcher quand elle était nue. J'ai senti la glace autour d'elle. Je n'ai plus osé. Mais je me suis pourtant maintenue auprès d'elle. À quel prix.

Ce que j'aime là-dedans ? Sans doute l'écho dans la coquille vide, le bruit de la mer que je crois entendre encore, quand je me réveille la nuit, seule. J'ai une chambre de domestique dans son hôtel de l'avenue Pereire. Je n'ai plus d'autre chez-moi depuis vingt ans. Je n'ai pas d'autre argent que celui qu'elle me donne. Je suis la personne la plus proche de Sarah. Après son fils. Après toute une kyrielle d'autres esclaves de Sarah. Comme eux, je dépends d'elle. Si je devais faire mes malles je serais comme une enfant perdue. À mon âge, une enfant. Je n'y pense pas souvent. Peut-être que ça me plaît de risquer chaque jour d'être à la rue. Un mot de trop et c'en serait fini de moi. Je n'ai jamais eu ce mot qui déborde. J'ai toujours su le retenir. Me taire. Attendre qu'elle se calme. Être le dévouement incarné. Être indispensable. Je dors deux étages au-dessus de sa tête. À quelques mètres au-dessus d'elle.

Je veille sur elle.

Il faut bien que quelqu'un veille sur elle.

Parce qu'il n'y a pas seulement les tendres fous de Sarah, il y a aussi ceux qui attendent leur tour pour la frapper à la tête, ceux qui vont au théâtre uniquement pour se montrer et beuglent ce genre de vannes : On ruinerait la Comédie-Française si pour chaque cheveu qui tombe et chaque dent qui s'en va, on demandait mille francs !

Ceux-là lui tapent dessus sans discontinuer, par l'intermédiaire des journaux. Pour la faire déguerpir :

— Ça fait un bail qu'elle a l'âge de la retraite, la mère Lachaise !

Attendez un peu, bande de lâches, vous n'y êtes pas du tout. La Comédie-Française n'a jamais engraissé Sarah. Pas assez d'argent dans les pauvres caisses de Molière, même pour une Sarah de vingt-cinq ans, avec toutes ses dents de lionne et chacun de ses cheveux blond vénitien que Nadar brossait lui-même avant de la prendre en photo.

Combien aurait-elle pu gagner là-bas, même en étant l'actrice la mieux payée ? Peut-être cent cinquante mille par an, au grand maximum. Alors que son hôtel particulier de l'avenue Pereire lui en coûte soixante mille, chaque mois, rien qu'en entretien et en domestiques, sans compter la calèche, les chevaux, les bijoux et la propriété de Belle-Île, et son fils qui joue et qui boit, et sa petite-fille qui a pris le pli, elle aussi, de vivre à ses crochets.

Les insultes font de bonnes piges, du volume pour pas cher, phrases toutes prêtes, déjà parfaites, mordantes, ciselées, le beau rythme amer et glapissant d'un poème de fiel. Efficace et direct. Et puis ça a beau être stupide, ça surprend toujours, et les grimaces de dédain ne suffisent plus à la riposte.

Quand on lui a coupé la jambe, le 22 février 1915, scié un bon morceau de fémur et recousu ce petit paquet de chair meurtrie après l'avoir nettoyé de toutes les chiures de la tuberculose osseuse, ils ont dit : Qu'est-ce qu'elle ferait pas pour qu'on parle d'elle, tout pour la publicité ! En vérité ils attendaient que son esprit vacille en même temps que son corps. Et Sarah, à ce moment-là, était véritablement à bout de forces, elle pensait qu'elle ne parviendrait plus à se tenir droite, qu'elle ne trouverait plus jamais ses marques, sa respiration, son équilibre pour porter sa voix. Elle affirmait qu'Hamlet était dans ses genoux, le tremblement d'Hamlet vient des genoux. Et elle se demandait comment elle allait faire maintenant.

Elle portait une robe blanche garnie de dentelle d'Angleterre, brodée d'or, bordée de chinchilla, quand on lui a fait essayer une pesante jambe articulée. Au médecin qui glissait son moignon de cuisse dans une emboîture de cuir noir elle a vociféré :

— Je n'en veux pas, c'est affreux. Vous me voyez avec cette chaussure ignoble, et ce faux pied caché dedans, et un mollet de bois, et un baudrier en sus pour attacher tout cela par-dessus l'épaule ? Mais je ne suis pas un cheval !

Elle a bien tenté de remplacer le baudrier par du ruban mais, au premier pas qu'elle a esquissé, la chaussure s'est tournée en dedans et le ruban a cassé net. Elle a saisi alors le ridicule de la chose. Elle a crispé les paupières, rentré la tête dans les épaules et rugi :

— Débarrassez-moi de ça tout de suite !

Des bruits malveillants ont aussitôt couru. Évidemment il est insupportable à la Bernhardt qu'une partie de son corps soit de fabrication humaine alors que tout le reste est divin !

La vérité est que ses genoux, elle les avait tués à force de se jeter par terre pour prier en Jeanne d'Arc, à force de se précipiter du haut des remparts du château Saint-Ange dans le costume de Tosca.

Son fils a essayé de la raisonner :

— Une jambe articulée, ça doit être comme la première fois qu'on porte des lunettes, on est d'abord gêné et puis ensuite, les lunettes, on ne se souvient même pas qu'on les a sur le nez, et on les cherche, tu sais bien.

Quant à sa petite-fille elle a émis des suggestions tout à fait charmantes :

— Et si on sculptait ta jambe dans de l'ébène incrusté de nacre ? Si on la faisait aussi belle qu'une guitare ?

— Je ne pourrais pas marcher avec une guitare, voyons.

— Mais si on te dessinait une jambe tout à fait artistique ? Par exemple une jambe en cristal, ou couverte de plumes, ou avec des écailles de poisson… Tu pourrais même en avoir plusieurs, tu aurais ta préférée, une en or si tu veux. Comme ça tu ne serais pas obligée de remettre la même tous les jours, tu pourrais changer, ça te plaît de changer.

— Non, je ferai comme les pintades, je me tiendrai sur une seule patte… Je ne veux pas être une vieille dame comme les autres. Tu as vu leur dos voûté, leurs genoux cagneux ? Je ne regrette rien.

Sarah s'est installée sur sa chaise. Deux porteurs sont venus la soulever comme une maharani dans son palanquin.

— Je ne veux pas être normale, a-t-elle jeté en quittant la pièce, je veux être extraordinaire.

2

Toujours la guerre. Deux mille morts par jour à cause de ces armes nouvelles que nous avions déjà vues en Amérique, merci aux mitrailleuses des usines Colt. Ici les théâtres ont fermé puisque les acteurs sont au front, et de toute façon on ne pourrait même pas construire les décors car il n'y a plus de menuisiers nulle part, ni de maçons, ni de peintres. Les cafés baissent le rideau à huit heures. Pas une voiture dans les rues, seulement des gosses miteux qui courent partout. La tragédie, c'est gare de l'Est qu'elle se joue, par où les hommes s'en vont avec leur barda.

— Je pourrais les aider avec le théâtre. Tu te souviens sur le bateau en Amérique ? Les juifs dans la cale… J'étais allée leur dire des vers…

— C'étaient des Italiens, Sarah.

— On dansait toute la nuit mais quand je pensais à eux j'aurais voulu que le navire coule, pour qu'on soit tous tués, nous, les nantis, avec nos bouteilles de champagne, et qu'ils soient tous sauvés.

— Nous serions mortes en même temps, Sarah, la mer ne trie pas…

— Tu te souviens des femmes qui faisaient la queue des heures et des heures pour un pichet de lait, pendant la Commune ? Je ne leur en veux pas d'avoir été sanguinaires.

Dans ce seul mot de "sanguinaires", prononcé par Sarah Bernhardt, découpé par sa diction nette dans un tissu sourd et lugubre, je défie quiconque de ne pas voir apparaître les Ménades déchirant le corps d'Orphée et croquant dans sa chair. Tout à coup il y a du sang dans la pièce, une odeur de sang partout.

— Et les brancardiers dans la rue, transportant des corps qui ne ressemblaient déjà plus à rien… Ambulance ! Ambulance ! Toute la nuit les Prussiens avaient bombardé les lycées et les hôpitaux. Leurs obus aimaient les hôpitaux plus que tout, la Salpêtrière, les Enfants-Malades… Un jour un obus est tombé devant chez moi… Tu sais comment ça siffle, un obus ? J'en ai encore la chair de poule, dit-elle en se gonflant d'indignation.

— Non, Sarah, je ne peux pas me souvenir…

Elle confond manifestement les guerres dans une répugnance absolue qui la fait trembler.

Et puis Sarah a toujours peur de manquer. De finir à la fosse commune comme les actrices de Voltaire.

Du reste, à la fosse commune, nous y sommes déjà. Depuis une semaine nous sommes sur le front, elle et moi, avec des gosses de vingt ans tout habillés de boue. Le Théâtre aux Armées. Avec elle ça va toujours très vite, en un claquement de doigts. Elle s'était décidée voilà à peine un mois. Piqués dans son peigne, trois papillons de gaze noire battaient des ailes tandis qu'elle s'adressait à moi avec véhémence :

— Ah, te voilà, dépêche-toi, Susan, je veux aller au front. Pas à l'abri d'un théâtre, mais là où il y a du grabuge. Écris à Fabre. Le Théâtre aux Armées, dis-lui que j'en suis !

Et fais ceci, fais cela… Son sourire interminable me fixait et je n'osais plus ni parler ni bouger. Puis elle s'était détournée pour passer à autre chose avec l'un de ces scandaleux fous rires qu'elle me décochait comme une gifle.

Sarah joue à peine vingt minutes par représentation. Quelques tirades, un peu de ci, un peu de ça, et des vers d'Edmond Rostand par là-dessus. Parfois il lui faut couvrir la canonnade que le vent porte jusqu'à nous. Nous ne sommes même pas dans une ville, mais sur des points du front qui n'ont pas de nom. De simples croix à la plume sur des cartes d'état-major, qu'elle considère avec respect, comme si on lui avait dit : Nous allons construire ici, pour vous, le plus grand théâtre jamais conçu. Un sourire s'ébauche. Elle repense à Manaus, le Brésil et sa richesse, tous ces hommes d'affaires enrichis dans le caoutchouc qui lui avaient bâti un vrai palais. Depuis, la jungle a effacé les traces de la Bernhardt. Aussitôt qu'elle a eu tourné le dos, le théâtre est revenu aux bêtes, la scène a été démontée et transportée ailleurs, à dos de fourmi, à pas de mille-pattes, à la force des muscles des anacondas, et il ne reste rien ou presque du palace où fumèrent et applaudirent des hommes à monocles, en costumes de soie.

Je ne sais plus qui j'étais avant elle. Je ne me rappelle pas ce dont je rêvais ni pourquoi je me battais. Soudain Sarah, c'est-à-dire la liberté. Elle fait ce qu'elle veut. Elle trace sa vie à grands coups. Alors je me suis placée derrière elle. Elle ouvre le chemin. Elle est le monstre et je suis le poisson pilote. Elle m'offre sa protection. J'ai si peur du monde que j'ai préféré me perdre en Sarah. Rester près d'elle. Manger ses restes. Boire ses fonds de carafe. Respirer après elle.

De quoi avais-je peur avant Sarah ? De n'être rien. De coucher avec un homme que j'aimais d'un amour prudent et malheureux depuis que j'avais appris qu'il me trompait. D'être enceinte et de saigner pendant des jours, après avoir laissé tout mon argent à une drôle de rebouteuse parce que je ne veux pas d'enfant. Je parle du siècle dernier quand j'étais jeune mariée et que j'essayais encore de donner forme à mon vide.

Aujourd'hui nous sommes du côté de Châlons et la scène est faite de planches grossièrement clouées, tout imprégnées de sang. Un officier vient s'en excuser. Un cheval décapité par un obus, on n'a rien d'autre sous la main.

Sarah lève les bras au ciel. Une bague en saphir gravée par Lalique étincelle à son doigt.

— Laissez, j'ai toujours aimé le sang.

— Je sais que vous êtes patriote, dit l'officier en s'inclinant profondément avant de se lancer dans une critique de l'adversaire, proclamant la supériorité évidente de l'armée française face à l'inconsistance de l'ennemi.

Mais c'est une mauvaise piste. Sarah ne faisait pas du tout allusion au bouillonnement écarlate de la guerre mais à une minuscule goutte rose qui était tombée au siècle dernier sur son costume de Phèdre, juste au niveau de l'épaule gauche, une gouttelette insignifiante qu'elle n'avait pourtant jamais voulu faire nettoyer parce que c'était la trace d'une passion.

L'arpette qui finissait de coudre sa tunique était en train de mourir de la tuberculose mais elle s'était échinée quand même, des nuits durant, sur cette mousseline. Alors Sarah avait gardé le sang sur son épaule comme une espèce de déclaration éternelle.

L'officier toussote. C'est en effet une belle histoire de dévouement.

— Mais vous avez tout de même raison, corrige Sarah, je suis patriote à un point que vous n'imaginez pas. Quand en 1902 l'ambassadeur de France en Allemagne m'a proposé une tournée à Berlin, Munich et Francfort, j'ai dit non merci, j'ai déjà des engagements. Les Prussiens ont insisté : Votre prix sera le nôtre. Alors j'ai répondu : Messieurs, donnez-moi cinq milliards !

L'officier apprécie avec un petit rire. Et brusquement la troupe reprend en chœur, comme un cri de ralliement : Cinq milliards !

C'était le prix demandé par l'Allemagne à titre de contribution de guerre après la défaite de 1870, et les gars ont bien l'intention de rincer définitivement cette ardoise avec du sang boche.

En attendant qu'on frappe les trois coups, Sarah sirote de la piquette avec les soldats. Elle est enveloppée dans un manteau de léopard, elle porte un collier de diamants. Elle estime que ces garçons ont besoin de lumière plutôt que d'une marraine tristement habillée de noir, et même s'ils savent que, sous le luxe de l'énorme fourrure, elle est entortillée dans des pansements.

Derrière moi, quelqu'un chuchote :

— Sarah Bernhardt, c'est ça ?

On ne voit encore qu'un tas de petits plis. Je me dis que la vraie Sarah n'a pas encore fait son entrée, ce n'est qu'une vieille dame qui papote. Mais la Bernhardt va venir, celle dont la voix couvre le bruit des armes et des canons. Cela ne saurait tarder.

— J'ai fait la guerre et j'ai vu la Commune, dit Sarah aux soldats.

Elle raconte Bismarck contre Napoléon III.

C'était Sedan, autant dire la retraite de Russie moins la neige. C'était Léon Gambetta, quittant Paris en ballon jaune, serré dans un gros paletot, sa casquette de loutre enfoncée jusqu'aux oreilles. C'était la guerre sans gamelles ni stocks, et il n'y avait même pas le chemin de fer jusqu'à Metz, la ligne s'arrêtait à Verdun.

Elle mélange hier et aujourd'hui, le trop-plein et la solitude, elle pense tout haut, elle parle de tout, elle se délecte de dire qu'elle a vu des balles voler en plein Paris. Elle a presque réussi à les suivre des yeux, jusqu'à les voir tomber mortes sur le pavé après avoir crevé trois ou quatre ventres.

— L'Odéon, j'en avais fait une infirmerie, avec des gens assis par dizaines contre des bottes de paille. J'en ai bandé, des blessures, et un beau jour le médecin a demandé qui les avait faits, ces pansements qui étaient si parfaitement serrés. Pas des bandages faciles, vous pouvez me croire… Pour se réchauffer, on a brûlé les bancs du théâtre et tous les décors. Les chocolats Menier m'ont envoyé cent kilos de merveilles. Les Rothschild m'ont fait porter du vin et de l'eau-de-vie, Félix Potin a donné des tonneaux de raisins secs, de riz et de sardines.

— Qu'ils nous en envoient, hurlent les gars.

— J'ai apporté tout ce qu'il faut, dit Sarah, vous pensez bien que je ne suis pas venue les mains vides.

Ils poussent des sifflements de joie.

Elle raconte d'une voix grêle, à la fois sauvage et triste, les enfants courant après les obus, ils récupéraient les morceaux brûlants et ils allaient les vendre. C'est vrai, des gens achetaient des éclats d'obus aux enfants... Parfois ça leur explosait au visage. Leurs intestins bleus répandus sur le sol, plus d'yeux, plus de nez, plus de bouche, rien que des cheveux sanglants, comme si une bête les avait ouverts d'un coup de patte avant de les dépiauter avec raffinement.

— Et puis la Commune là-dessus, avec le drapeau rouge.

Elle se souvient du feu, partout, à la poudrière du Luxembourg, au Palais-Royal, à l'église Saint-Eustache, et des immeubles qui s'effondrent, et des otages fusillés. Ce n'étaient pas de beaux combats. Des lynchages, c'est tout. Des pierres et des baïonnettes. Des communards enterrés vivants.

— Vous auriez vu leurs mains crispées, elles dépassaient des monceaux de terre...

Elle a froid. Elle grelotte. On pousse un autre brasero près d'elle. D'ordinaire elle reste près du feu, boulevard Pereire, dans son boudoir blanc, tapie au fond d'une bergère, ébouriffée dans des fanfreluches de satin et de dentelle, toute petite, très atteinte. Mais aujourd'hui je la trouve radieuse devant les soldats assis sur leur casque ou perchés sur un escabeau de bois, épanouie parce qu'ils seront trois mille devant elle tout à l'heure à la représentation, et qu'elle goûtera à la caresse ténue du regard de chacun d'eux sur elle, sans préférence, en extraordinaire accroche-cœur.

Pour l'instant un cercle de jeunes instituteurs s'est formé autour d'elle :

— Vous jouez depuis combien de temps ?

— Depuis que Victor Hugo m'a offert un diamant.

— Et quand est-ce que vous allez vous arrêter ?

— Jamais.

— Alors vous êtes comme les anarchistes, ils ne s'arrêteront jamais de poser des bombes.

— Je n'ai pas encore fait sauter de gros bouts de Paris ni dynamité qui que ce soit… Un jour un machiniste a laissé dans les coulisses un sac contenant sa bouteille et des pommes, j'ai failli appeler la police. Une autre fois c'était le plombier avec des tuyaux de cuivre dans sa besace. Je voyais des bombes sous tous les vestons.

— Une pièce est-elle aussi efficace qu'un attentat ?

— Oui, dit Sarah, du temps de Ravachol, de Caserio et d'Émile Henry, quand les anarchistes affolaient les bourgeois en jetant des tracts du haut du paradis sur les fauteuils d'orchestre… Mais je crois qu'une bonne pièce peut encore jeter une lueur sur le monde.

— Les vrais auteurs viennent du Nord. De Suède. De Norvège. Ibsen, Strindberg, ce sont eux, les attentats. Ils nous éclaireront, dit un grand brun avec une cigarette au coin du bec.

Et j'ai l'impression qu'il se penche vers moi, comme s'il savait.

Je rougis, je balbutie :

— Strindberg, oui ! *Mademoiselle Julie*, vous avez vu cette pièce ?

— J'en connais chaque mot, dit l'homme.

Et je me tais. Je n'ose pas dire : Moi aussi, chacun des mots, un à un, travaillé, il y a si longtemps, nous pourrions en parler…

Mais Sarah grimace, elle déteste Strindberg, elle ne l'envoie pas dire. Et plus encore Ibsen. Elle a essayé de jouer *La Dame de la mer*, sans plaisir car il faut être sobre, quasi austère, et dans le jeu et dans les costumes, ce qui ne lui convient pas du tout. Elle préfère Catulle Mendès et sa *Vierge d'Avila*. Chanceler, moduler sa voix soudain aérienne, angélique et extraordinairement suave, aller jusqu'au céleste, voilà ce qu'elle aime. Par conséquent elle se fiche bien de ce que l'on écrit au bord du cercle polaire, et s'en tient aux vers parisiens : Racine, Hugo, Rostand.

Elle retrousse les lèvres et, sur le ton cassant dont elle parlerait de chinoiseries ou de non-sens, déclare :

— Je n'aime pas les norderies.

La voix d'or ne dit que des vers signés des plus grands.

Il ne faut pas vouloir se comparer à Sarah. À côté de Sarah Bernhardt une simple Susan ne peut pas exister. Dès lors peu importent son origine, ses rêves, ses petites victoires sur elle-même. Susan n'a eu d'existence que lorsqu'elle est allée au théâtre voir Sarah presque tous les soirs. Alors Susan était à l'abri. Susan était amoureuse. Transformée. Transportée.

Vrai, je ne parlais plus que d'elle. À ce train-là j'ai vite trouvé mes amies insignifiantes et mon mari ignare. Et alors, dans mon regard, l'adoration. Je ne sais pas d'où m'est venue cette capacité à adorer. À remiser mon esprit critique pour me fondre en Sarah. Et j'ai continué à vouloir m'approcher du soleil. Toutes les stratégies étaient bonnes. Je me suis sentie quelqu'un. Sans aucune honte. Il y a des gens qui sont nés pour être satellites. Ce n'est pas facile d'être la lune. Il faut savoir rester à sa place pour recevoir la lumière. Il faut s'arranger pour continuer de recevoir cette lumière le plus longtemps possible. Et même si l'on doit renoncer à absolument tout pour s'exposer à cette lumière.

Quels sentiments peut éprouver la lune ? J'ai pris ça pour de l'amour extrême. Les premiers temps. À présent je ne sais plus. Certains jours c'est peut-être une carapace. Une armure d'amour pour résister aux pressions effroyables du dehors. Je préfère encore être l'ombre de Sarah. Je me regarde l'aimer. Je me déteste dans le rôle de l'énamourée. Et pourtant ç'aura été mon meilleur.

Avant d'entrer à son service j'étais une modeste préceptrice d'anglais vêtue d'une robe grise et j'économisais sou par sou pour des cours de théâtre. Jusqu'à près de trente ans j'ai cru que je pourrais réussir dans le théâtre. Je jouais Strindberg. Je connaissais trois mots de suédois. Dans une pièce de Strindberg il ne faut pas que les acteurs aient l'air de jouer et je savais jouer sans en avoir l'air. Puis j'ai vu Sarah. Alors c'est elle que j'ai voulue. Le théâtre, je l'ai bu par elle. Je suis pleine de Sarah, parfois je suis Sarah.

3

Au-dessus de la scène les soldats ont fixé une bâche pour la protéger de la pluie. Eux sont restés sous la flotte. Les rigoles sur leur capote forment de longs cheveux brillants. On leur a dit : Vous allez voir jouer Sarah Bernhardt.

Mais à leur âge Sarah ce n'est personne, seulement un nom sur des boîtes de gâteaux, quand ils étaient mômes. La publicité pour les biscuits, ça lui avait drôlement rapporté. Je ne trouve rien de meilleur qu'un Petit Lu… Ah si, deux Petit Lu… Sarah avait très bien compris comment monnayer son image, elle faisait aussi de la publicité pour une marque de cigares, pour du champagne, pour du papier à cigarettes, et même pour un fer à friser, elle qui n'en a jamais eu besoin, avec sa tignasse. Et plus elle s'enrichissait, plus les critiques dénonçaient l'artificialité de son jeu.

Je pense que les gars se souviennent des petits gâteaux mais pas de Phèdre. Et pour eux la Bernhardt était déjà vieille avant le tournant du siècle. En tout cas ce n'est pas le sexe qui les fera saliver. Aujourd'hui il ne faudra pas s'attendre à un déluge de fleurs. Sarah s'en fiche, elle le fait pour son pays.

Elle rajoute du bleu sur ses paupières et un autre demi-cercle de crayon noir, enfin du rimmel qui la cuit. On n'a pas de miroir, elle lève son visage vers moi et je reconnais l'habituel bouillonnement dans ses pupilles, inchangé :

— Ils me verront mieux, hein, avec le fard blanc… Donne-moi ma poudre et aide-moi à m'habiller.

Il va être quatre heures. Un caporal la prend dans ses bras pour la faire monter sur scène. Les gars savent qu'elle n'a plus qu'une jambe. Tout comme ceux d'entre eux qu'on entendait crier, à notre retour vers Paris, automne 1915, quand on avait croisé les wagons de blessés, nous qui revenions de Bordeaux. Cette odeur de gangrène… Le train roulait, on entendait les blessés qui criaient, on sentait l'odeur de leurs blessures. Dans les gares, les femmes couraient avec de l'eau et du pain dans des paniers. Quelqu'un se penchait à la portière, dans une capote durcie par la boue, attrapait les paniers en hurlant des merci, merci.

— On en a perdu tellement, des gars, dit le caporal, je ne compte même plus.

Il sourit poliment tout en gravissant l'échelle de meunier qui mène à la scène. Sarah s'accroche à son cou et le soldat éprouve une peur panique à l'idée de l'abîmer, de la casser un peu plus.

— L'avantage est que je suis encore plus légère, murmure Sarah.

— Vous êtes sacrément courageuse, remarque-t-il.

— Quel courage y a-t-il à aller de l'avant puisque de toute façon chaque jour m'y oblige ? Vous croyez peut-être que je peux reculer ? Au contraire l'audace est facile, on n'a qu'à suivre chaque soleil qui se lève.

À présent Sarah chantonne. Elle est en train de régler le volume de sa voix, de chauffer ses cordes vocales, de doser son énergie.

— Vous parlez en soldat, approuve le caporal qui suit son idée, moi non plus je n'ai pas peur, et de toute façon on y passera tous.

— Si j'avais vécu en Alsace ou quelque part en Belgique laminée par les obus, ou mille ans plus tôt, dans une ville d'Italie pillée par les mercenaires, nous nous serions raconté les mêmes histoires, à peu de chose près. Il y aurait une forêt au lieu d'un champ saccagé, des bœufs au lieu des chars d'assaut, mais les hommes et les femmes seraient les mêmes, heureux des mêmes beautés et malheureux des mêmes horreurs, car il y a une chose qui n'a jamais changé, et que je voudrais que vous puissiez changer, vous, une fois que ce sera fini. Après celle-là, ne faites plus jamais la guerre.

Sarah se blottit contre le caporal. Il a peut-être vingt-cinq ans. Il vient de la campagne, près du Mans :

— Pourquoi vous avez pas une jambe de bois à la place ?

Sarah jette brusquement la tête en arrière :

— À la place de quoi ?

Gêné, il bougonne : Les gars, on leur met un pilon, et avec des béquilles ils se débrouillent… Je disais pas ça pour vous faire un reproche !

— La faute des médecins, dit Sarah, ils n'ont pas voulu me greffer une patte de tigre.

Elle l'étonne, cette vieille femme, avec sa crinière toute blanche, ses yeux bleu vif très écartés, de part et d'autre de la racine du nez large, elle est comme un fauve qui aurait un mufle de femme, un fauve, oui.

— Vous ne me croyez pas… Un jour où j'étais en fonds je suis allée voir un médecin célèbre et je lui ai dit : Greffez-moi une queue de tigre sur le coccyx, je veux montrer aux fauves que j'appartiens à leur monde. Ça ne me gênera pas du tout, je laisserai traîner ma queue, elle dépassera de ma robe. Ce sera exquis, et quand je serai furieuse je la dresserai comme un glaive.

Le soldat s'esclaffe. Il ignore pourquoi il se sent soulagé. Alors il se met à rigoler comme avant la guerre et se trémousse de joie en installant Sarah sur la scène, dans un fauteuil moisi. Mais, à cause des planches de guingois, le fauteuil bascule vers l'arrière.

— Calez-moi mieux que ça, commande-t-elle.

L'homme glisse des morceaux de bois sous les pieds du fauteuil et vérifie que cette fois il est d'aplomb. J'ai l'impression que Sarah est un meuble branlant, que ce fauteuil délabré est une partie d'elle, on l'a greffé sur elle. Tigre, tu parles !

Moi j'apporte les coussins et les couvertures pour cacher le moignon. Puis, serrant contre moi son manteau et son étole de fourrure qui me pèseront et me raviront à la fois, j'attendrai qu'elle sorte de scène.

Je suis petite et brune, avec l'air triste de la presque cinquantaine. Je sais bien que la mélancolie n'est pas une question d'âge, mais un problème d'humiliation. Sarah soutient que ma tristesse apparente est un cosmétique pour me donner l'air intéressant. Sarah n'aime pas les gens simples. Elle veut fouiller les êtres, aller les débusquer dans leurs profondeurs, qu'on lui donne du fil à retordre. Si je lui disais comme je suis bien avec elle, elle me virerait. Si je lui avouais comme je suis mal avec elle, comme je souffre de son indifférence et de ses explosions de violence, comme elle m'inspire de la terreur, elle me congédierait tout autant. Alors j'estime qu'il vaut mieux ne pas aggraver ma souffrance et me comporte avec elle tour à tour comme une éternelle admiratrice rayonnante d'amour ou comme une pauvre ratée qui cherche à oublier son chagrin dans d'inexplicables crises de cafard. Je suis les deux, alternativement.

On m'a prise parfois pour sa fille, bien que mes cheveux soient des baguettes. Je ne peux pas tenir d'elle ces pauvres crins. Elle m'appelait le crocodile, nom charmant donné aux actrices qui attendent qu'un rôle passe par-dessus bord pour le happer, comme les crocodiles suivent les bateaux en espérant qu'on va vider la poubelle. Et quand elle a su que je ne voulais pas du tout jouer dans son théâtre, mais seulement la voir et être près d'elle le plus souvent possible, elle m'a attribué le poste de secrétaire particulière, payée au lance-pierres, tout en précisant d'ailleurs que je ne serais pas sa secrétaire mais sa suivante, et tout en persistant à m'appeler le crocodile.

Je suis donc la dame de compagnie et la comédienne à domicile qui lui donne la réplique, je suis la souffre-douleur, la copiste ordinaire, la costumière et la maquilleuse, parfois la cuisinière et même la confidente… Parce que Sarah déteste être seule. Si elle reste seule cinq minutes elle m'appelle, ou la femme de chambre, ou son fils ou sa petite-fille, et elle se plaint que personne ne s'occupe d'elle. Seule, elle deviendrait suicidaire. Il lui faut toujours des adorateurs et des adoratrices pour passer ses nerfs.

À quatre heures, Sarah joue une mince tirade de *Phèdre.* Les hommes écoutent distraitement, abrités sous leur capote qui forme un dais noir. Même leur peau noircit. Des ombres en train de charger, qui se précipitent sur nous. Sarah les considère gravement, avec sans doute la même impression que moi : le vrai spectacle est sur la terre battue de ce campement, le spectacle est dans l'ombre portée de ces capotes noires et dans la clarté de la pluie.

Phèdre est morte. Sarah salue de la main. On l'applaudit par politesse. Elle en impose, ça oui, comme toutes les femmes riches, avec ses yeux bleus transparents, ses cils fournis qu'elle garnit de noir, oh cet éclair de noir dans le bleu, et la vivacité dans le moindre de ses cheveux, mais elle dit des choses terriblement ennuyeuses et qui ne servent à rien. Sarah sent bien que son public somnole, alors tout à coup elle décide de chanter *La Marseillaise*, et là je retrouve la Bernhardt, tout son visage traversé d'une foudre qui se déchaîne, rejetant tout ce qu'elle a appris, s'appuyant sur sa douleur à grands coups de poings dans la cuisse, jusqu'à épuisement. Et quand cette foudre-là a décidé de se manifester, on peut bien avoir soixante-douze ans et ne plus pouvoir marcher, mais simplement regarder droit devant soi, simplement redresser la tête, simplement lever un bras, eh bien dans ces gestes minuscules il y aura tout, la beauté des femmes et la beauté des bêtes, la noblesse, la victoire. Et les gars, sous la pluie, bouche bée, comprennent enfin où la vie était allée se nicher.

Quand c'est fini, Sarah se lève lentement, toute seule. S'appuyant des deux mains sur les accoudoirs, elle se dresse sur sa jambe unique. Je vois palpiter ses narines. Elle darde ses yeux violets sur les soldats. Ils éclatent en sanglots parce qu'elle est infirme et magnifique. Ils applaudissent et cette fois je les accompagne. Nous battons des mains pour ne pas nous noyer sous la pluie. Nous battons des mains avec une force et une frénésie suffisantes pour soulever un poids de cent kilos, tandis que Sarah salue, penchée hors de son fauteuil sous la charge de ses colliers, les griffes enfoncées dans la poitrine.

La permission est terminée. À grandes enjambées, le caporal soulève Sarah comme un accessoire en carton-pâte qui a fini de servir et la réinstalle dans sa chaise à porteurs, blanche et or, ornée de rinceaux Louis XV. Puis il va ranger le fauteuil de scène, banal mobilier de rond-de-cuir, et ne revient pas.

Tous les soldats sont partis. Nous entendons la canonnade. La nuit est tombée. Sarah n'aime pas les fauteuils roulants, elle préfère qu'on la porte comme lorsqu'elle jouait Cléopâtre ou l'impératrice Théodora. Elle fait corps avec cette chaise étroite et légère, dotée de deux brancards, qu'elle a dessinée elle-même, qui peut entrer dans les wagons de chemin de fer ou se glisser dans un ascenseur. Donc nous attendons que les hommes reviennent pour aller ranger Sarah dans une voiture. Car à présent Sarah est un bloc, Sarah est une malle, Sarah est un meuble avec accoudoirs de velours et filets d'or auxquels elle se chauffe comme une poupée impératrice rangée dans un carton. Qu'on oublie parfois dans les coulisses. C'est arrivé si souvent, et même dans son propre théâtre. C'est vrai que les machinistes prennent le temps d'aller boire un coup avant de la ramener chez elle. Ce n'est pas méchant de leur part. Ils ne voient rien sur ce fauteuil qu'une ruine, une vieille femme presque morte, avec un seul pied posé sur le vide, ne touchant même plus le sol tellement elle a rapetissé. Comment pourraient-ils imaginer que dans un tel corps le temps passe à la même vitesse que dans leurs membres à eux, solides, musclés ?

Il paraît que lorsqu'un tigre est malade, il attrape un singe pour le déchiqueter, et ainsi il recouvre la santé. Sarah s'est toujours soignée de cette façon. Elle se jette avec furie sur les gens. Elle les met en pièces. Et chaque fois, le miracle s'accomplit.

Je m'appelle Susan. Je suis le morceau de barbaque qu'elle va déchirer. Il est dix heures du soir. Elle est fatiguée, elle a froid, elle a mal partout, elle n'a pas dîné. Elle m'en rend donc responsable, m'injurie. Je me dis qu'elle va mourir de colère, sous mes yeux, dans son élégante chaise à rinceaux dorés. Mais non, après cet orgasme de rage, elle s'endort comme une petite fille.

Au milieu de la nuit, le caporal réapparaît. Il est tout déconfit. Les gars sont de quart et, comme les Boches sont nerveux dans le secteur en ce moment, il n'a trouvé personne pour l'aider.

Je m'attelle avec lui aux brancards et nous ramenons Sarah vers une voiture, tout doucement, pour ne pas la réveiller.

4

En 1899 je venais de quitter mon mari quand Sarah s'était offert le théâtre de la place du Châtelet. Elle avait fait recouvrir les fauteuils de velours jaune, installé des lustres et décoré le foyer de portraits d'elle. Pourtant elle trouvait encore le temps d'enrager parce que la mode était à Cléo de Mérode, tout habillée d'or. Et surtout aux contorsions de Loïe Fuller. Dieu sait si Sarah la détestait, manœuvrant ses voiles autour d'elle comme une espèce de skipper incapable de prendre le vent, immenses pétales de lumière et d'étoffe qui montent, qui tournent, qui flottent, qui se déforment et se tordent comme des flammes. Elle sentait qu'il y avait dans le spectacle de Fuller quelque chose qu'elle ne parviendrait jamais à attraper.

Comment une comédienne pourrait-elle exhiber cette chevelure de torche et de feu d'artifice ? Onduler avec grâce, elle savait faire, oui, mais cette faculté d'écumer, de se gonfler et de se propulser vers le ciel, Sarah en ignorait la technique. Alors elle eut l'idée de commander à Lalique des coiffures absolument invraisemblables, émaux et pierres, tiges de métal comme des serpents. À compter de ce jour, les coiffures de Sarah Bernhardt avec leurs fleurs de fer et de turquoise montèrent aussi haut que les voiles de Loïe Fuller. On venait acclamer Sarah et ses diadèmes, Sarah et ses coiffures de pierreries. Je me ruinais pour aller la voir deux fois par semaine mais quand je m'asseyais dans son théâtre alors plus rien ne pouvait me décourager.

À cette époque Reynaldo Hahn était fou d'elle, et l'amant de Reynaldo, le jeune Marcel Proust, se ruinait en bouquets. Reynaldo disait : Sarah est une spirale. Quand elle s'assoit, elle s'assoit en spirale, elle tourne autour du pied de la chaise et sa robe tourne autour d'elle, et sa robe l'embrasse d'un mouvement de spirale, et la traîne de sa robe achève sur le sol le dessin d'une spirale…

À cette époque Sarah n'était jamais fatiguée. Elle faisait l'amour en sortant de scène puis réapparaissait, les joues roses, les yeux marqués. Je la trouvais tellement belle. Je connaissais ses répliques sur le bout des doigts. Je me souviens d'elle dans un manteau de taffetas noir, peint aux manches d'iris blancs. Elle saluait en écrasant son cœur de ses deux mains devant trois mille personnes et autant de bouquets.

J'ai oublié les noms de tous les amants de Sarah. Elle avait cinquante-cinq ans, elle déchiquetait les roses quand elle était contrariée. Elle était plus jeune que jamais et elle cherchait quelqu'un à tourmenter.

Quand je suis entrée pour la première fois dans son hôtel particulier, boulevard Pereire, il n'y avait déjà plus d'autre fauve que Sarah. On avait dû abattre le guépard Assuérus qui avait mordu la femme de chambre ; le lion Hernani était mort depuis longtemps, moins de vieillesse que de négligences ; on s'était débarrassé du lynx parce qu'il avait croqué les caniches, et même l'alligator qui s'appelait Ali Gaga était crevé, saoul de champagne. Mais je me souviens qu'il y avait des oiseaux dans la volière, des perruches à bec rouge qui piaillaient.

Je tenais mon parapluie et un petit sac à main que je gardais serré contre moi, je n'en finissais pas de traverser ce hall d'entrée dont les murs étaient tapissés de portraits de Sarah, cadeaux d'admirateurs comme autant de miroirs reflétant son image.

Une certaine Élisabeth l'avait peinte dans son costume d'Hamlet, Mary Cassatt l'avait croquée au fusain, sur un papier crème, les cheveux défaits, lisant. On l'avait aussi représentée en Cléopâtre, un diadème ceignant son front, les seins moulés dans un corset d'or.

Et des coffres partout, des statuettes et des meubles de Boulle encombrés de bonbonnières.

Trop de bric-à-brac, trop de camelote, disaient les langues de vipères. Mais ce n'était pas du désordre, c'était son journal intime, son carnet de bal, la mémoire de tous ses amants de jeunesse, quand la période était aux vaches maigres mais qu'il fallait bien payer les costumes et la nourrice de Maurice et la femme de chambre et la cuisinière. Sinon les domestiques auraient filé en emportant meubles et argenterie, du moins le peu qu'elle avait.

Heureusement les hommes. Elle était belle, elle était rousse et mince, et toutes ces choses qu'ils lui offraient, elle les gardait, les entassait, c'était la mémoire de l'amour.

Pour ma part j'ai vite compris que la vie sentimentale de Sarah est à peu près comme cette demeure où j'avais cru me noyer. Sarah a horreur du vide, elle prend tout. Tout la séduit. Je crois qu'elle n'a jamais fait le moindre tri, ni dans ses bibelots ni dans ses amours. Elle veut tout, elle prend tout ce qui se présente. J'en suis la preuve. Elle n'a jamais su dire non à quelqu'un qui la désire.

Quand la femme de chambre m'a fait entrer dans le salon, j'ai buté sur un coffre de nacre avant de voir la tigresse. Tremblante et surexcitée, elle se ruait à tout instant sur un sac de bonbons, c'était tout son déjeuner. Elle l'engloutissait avec voracité et trop distraitement pour avoir le temps d'en goûter la saveur.

À califourchon sur une chaise, les cuisses moulées dans le collant blanc de l'Aiglon, elle a battu des cils en jetant un coup d'œil à mon ombre qui tremblotait devant une fenêtre. La Bernhardt ne se lève pas pour les femmes. Encore moins pour les insignifiantes. La domestique m'a débarrassée de mon parapluie et de mon manteau et m'a laissée au milieu d'un fourbi de bêtes empaillées. Je me suis immobilisée au centre d'une peau d'élan jetée en épais tapis. J'apprendrais un peu plus tard que cette bête, Sarah l'avait tuée elle-même, en Russie, lors d'une chasse avec le tsar. Elle était allée partout. Elle avait rencontré des rois et des reines, connaissait tous les grands de ce monde.

Le pelage de la bête dans lequel je m'enfonçais jusqu'aux chevilles avait en tout cas des pouvoirs magiques, comme un tapis de conte. À coup sûr celui-ci me rendait invisible. J'en devenais folle. Je pensais : Est-ce qu'au moins elle a senti que j'existe ?

Sarah était occupée à torturer l'une de ses admiratrices, que je n'ai d'ailleurs jamais revue.

— Tu veux du champagne ? a fait la fille.
— Non.
— Tu veux quoi ?
— Je m'en fiche pas mal.
— Alors du champagne ?

Un peu d'encens s'échappait d'un brûle-parfum en forme de dragon. Je me suis concentrée sur ce nuage qui jaillissait de la gueule dorée et j'ai attendu.

La fille avait rempli deux flûtes et bu la sienne presque cul sec. Sarah fermait à demi les yeux pour n'avoir pas l'air de la remarquer. Un domestique est entré avec une brosse et du cirage. Sarah a refusé de se déchausser. Le domestique s'est assis en tailleur à ses pieds, et s'est mis en devoir de cirer patiemment les bottes de l'Aiglon, ce qui n'a pas empêché Sarah de trépigner d'exaspération, lui écrasant les doigts à plusieurs reprises sans qu'il proteste.

— Qu'est-ce que tu as, ma chérie, tu as oublié ce que nous avons vécu, toi et moi ?
— Il ne s'est jamais rien passé, a rectifié Sarah.
— Qu'est-ce qu'il te faut !

À en croire les récriminations de cette fille, l'idylle entre elles avait duré deux jours. Deux jours qui, aux yeux de la plaignante, justifiaient parfaitement qu'on lui rende des comptes.

Si j'ai bien compris, cela s'était passé au début de la semaine. Sarah avait bu trop de champagne. Elle était en train de se contempler dans le métal courbe du seau à glace jouant avec les volumes de son visage quand la fille l'avait embrassée. À l'en croire, les seins de Sarah étaient venus tout naturellement dans ses paumes. Sarah s'était offerte puis elle avait repoussé la fille. Et le lendemain de nouveau elle s'était offerte.

Faire souffrir, Sarah appelait cela aimer.

— Qu'importe, a dit Sarah, puisqu'à présent c'est oublié !

La fille a fondu en larmes :

— Donne-moi ta main, a-t-elle supplié avec une immense douceur.

— Pas maintenant, va me faire un chocolat.

Les bottes de l'Aiglon rutilaient. Le domestique est sorti. Alors Sarah Bernhardt a semblé réaliser que j'étais là, debout au fond de la pièce, et m'a lancé :

— Me trouvez-vous trop maigre ?

Elle était furieuse à cause d'Yvette Guilbert qui montait une sorte de spectacle comique dans lequel elle dézinguait Sarah en contrefaisant sa voix, en exagérant son vibrato. Ce qui provoquait des rires énormes. Puis brutalement elle imitait la voix de rage de Sarah, elle hachait les syllabes et les précipitait les unes sur les autres en les mordant, et cela aussi faisait s'esclaffer la salle.

Et ce n'est pas tout. Guilbert, qui était maigre comme la mort, pensait sur ce point ressembler à Sarah. Mais Sarah n'avait strictement rien à voir avec ce cadavre ambulant car sa minceur était une légèreté d'adolescente, tandis que celle de Guilbert était réellement macabre.

Avec son visage triangulaire dans la mousse de cheveux roux qui se condensait en fumée et l'auréolait comme le dragon du brûle-parfum, je trouvais Sarah très belle et j'ai dit d'une voix blanche :

— Peu importe puisqu'Yvette Guilbert n'est pas une véritable comédienne.

— Qui ça ? Connais pas !

Mais Sarah a semblé soudain plus sereine. Elle a saisi la flûte de champagne, en a bu une gorgée et dit à la fille qui venait d'apporter le chocolat de rentrer chez elle maintenant, parce qu'elle serait occupée avec moi.

— Probablement jusqu'à demain, a-t-elle perfidement ajouté.

L'autre s'est décomposée de douleur.

Sarah était curieuse des gens comme elle l'était des bêtes, c'est-à-dire qu'elle voulait les voir et les avoir à tout prix. Juste pour la contemplation de leur pelage ou pour la couleur de leurs yeux. Mais ce qu'ils mangeaient et le son de leur voix l'ennuyaient vite.

J'ai regardé la fille ramasser ses vêtements. Elle a ôté son peignoir. Elle était nue. Elle s'est rhabillée lentement. Sur le tapis, un caraco de soie appartenant à Sarah. La fille a commencé à le plier soigneusement. Le tissu en était encore tiède et cette chaleur lui donnait une forme, une élasticité, celle des seins de Sarah.

La fille a déposé le caraco sur une chaise, avec précaution, comme on assoit un enfant. Et elle est sortie.

5

Le grand bureau était garni d'une basane verte toute griffée de coups de plume. Un coupe-papier de bronze, brillant dans le soleil, portait la devise de Sarah, *Quand même*. Dans un coin de la pièce, un bureau plus petit, en bois de rose, était spécialement réservé à l'écriture de lettres d'amour.

Et puis le cercueil. Tout le monde croyait qu'elle dormait dans un cercueil. Je n'ai pas eu à demander si c'était vrai. Sarah l'a désigné de la pointe du coupe-papier.

— Vers seize ans, c'était mon refuge, mon abri, le seul objet vraiment à moi. Je m'y installais, les mains croisées sur l'estomac, les yeux fermés. Il me tenait les épaules et les hanches, comme quelqu'un qui vous enlace… Aujourd'hui j'y entasse le courrier ! Vous vous appelez comment ?

— Susan.

— Alors Susan, débrouillez-vous avec ça, personne n'y arrive, il y en a trop. Il faudrait donner une forme à ce fatras. Et puis ce sont les écuries d'Augias, si vous saviez ce qu'on m'écrit, regardez-moi ça.

D'un geste large qui avait ouvert la veste de son tailleur et montré ses seins en transparence sous le corsage très léger, elle me tendit une lettre, manifestement anonyme : “Tu ferais bien de ne pas montrer ton nez juif. Au ghetto, sale juive, vous êtes tous des assassins.”

Et elle a ri. J’aurais dû m’en douter, Sarah puisait une part de sa force dans cette haine qu’on lui vouait. Pour qu’il y ait l’énergie d’une vague il faut envisager le creux, pour qu’il y ait l’écume il faut les crabes qui s’envasent là-dessous, pour qu’il y ait le sommet il faut l’action sourde des vers en contrebas, et leur incessante sape.

Elle était la cible des antidreyfusards, qui interrompaient ses pièces. Bien sûr quand on choisit des rôles masculins, qu’on s’habille en homme et qu’en plus on est juive et dreyfusarde, amie intime de tous les homosexuels notoires, les Oscar Wilde, Reynaldo Hahn ou Jean Lorrain, alors c’est totalement impardonnable.

La Bernhardt, il faut la tuer.

En ce temps-là on réimprimait à tours de bras *La France juive* d’Édouard Drumont. *La Libre Parole* tirait à deux cent mille exemplaires. La France faisait des essais de pogrome.

Sarah a brandi une autre lettre injurieuse, signée celle-là. Elle s’est levée en repoussant sa chaise d’un coup de botte. Il est monté de sa chevelure un parfum vanillé, avec un peu de cannelle. Je l’aimais dans ses rôles d’homme. Je savais qu’elle aimait aussi être désirée par des femmes. Je découvrais son parfum. Un peu de bergamote et de citron et puis quelque part de la cannelle. Je la buvais comme du thé. Ma respiration brouillonne me gênait. J’écoutais résonner l’éternité des blancs entre chacun de ses mots, ses hésitations, ses accents.

— Ma mère était hollandaise. Alors ils pensent que je vais vendre nos secrets militaires à l'Allemagne. Les juifs, tous des espions, tous vendus à Dreyfus…

Dans des journaux, dans des livres, une centaine de caricatures antisémites la montraient de profil avec un tarin protubérant et l'étoile de David sur tous ses costumes de scène. L'attrait pour l'or, les coffres débordant de billets, les doigts crochus, elle n'y coupait pas. De vrais crimes de librairie.

J'ai fait quelques pas nerveux autour de la pièce avant de me rasseoir à côté d'elle.

Sarah m'a tendu la plume :

— Répondez que je n'ai jamais écorché de chien ou brûlé de chat.

J'ai suggéré de ne pas répondre.

Elle a sursauté, m'a dévisagée longuement, soupesant chacun de mes traits, la texture de ma peau, l'éclat de mes yeux, avant de les compter pour rien et de se détourner un instant comme si elle était allée chercher, dans son répertoire de scène, le masque qui convenait à un tel outrage. J'ai écouté avec attention son visage, comme il se contractait. J'aurais voulu avoir déjà le courage d'effleurer son menton crispé, son nez si délicatement busqué. J'ai étudié béatement le bruissement de cette bouche qui s'ouvrait vers moi dans une grimace de colère. Éclosion d'une grappe de petites bulles entre les lèvres rageuses, yeux qui cherchent à faire mal, puis métamorphose de l'ensemble en colère noire.

Une colère de Sarah est une colère de Méduse qui pétrifie ce qu'elle vise.

— Vous ferez uniquement ce que je vous dis de faire, a-t-elle craché, avant d'éclater de rire, sans transition, dans une espèce de miracle musculaire.

Puis, m'ayant dévisagée après chaque mot pour mesurer leur impact, elle a magiquement transformé son timbre en un timide soupir d'excuse. La robe de sa voix est devenue tendre et elle a chuchoté d'un ton presque plaintif :

— Débrouillez-vous pour me trouver Samuel, j'ai besoin d'une ordonnance pour de l'aconit. Tout de suite, tout de suite. Je n'ai plus de voix. Il me faut à tout prix ma voix pour ce soir.

Pendant que la domestique allait chercher mon manteau et mon sac, Sarah a continué de me houspiller avec ce petit air sadique qui lui fronçait le nez. Puis elle m'a réclamé une feuille de son papier à lettres. Elle a trempé la plume dans un encrier de cristal offert par Gallé lui-même, portant en ceinture cette dédicace : *À la femme de cœur*. Et pendant que la plume se jetait sur la page, j'ai pioché, au hasard des piles amoncelées devant moi, des articles déchirés avec frénésie, des messages déjà anciens mais pieusement conservés, des dépêches portant des montagnes de superlatifs : *Vous êtes la reine de la scène française, souveraine par droit divin...* Et aussi cinq colonnes dans une revue de théâtre, commençant par ces mots : *Madame, vous avez été comme toujours délicieusement sublime...* Puis une caricature au poignard serré entre les dents, avec cette légende : *Sarah Bernhardt ne redevient elle-même que quand elle tue ou quand elle meurt.*

Sarah écrivait toujours. De ma place j'ai pu lire, à l'envers : *Mon chéri, tu me manques, je suis dans le gris...*

J'ai donc écrit sous sa dictée, répondu à son courrier, gardé sagement la pose et le visage concentré de la secrétaire particulière, même si sa voix me brûlait à distance, descendait dans mon cou, balayait mon menton pour revenir sans cesse me titiller la bouche.

J'ai été souvent malheureuse avec Sarah.

J'ai été malheureuse de n'être pas la seule femme à avoir visité sa chambre, de n'être pas la seule à savoir qu'une chauve-souris, une vraie, immense, naturalisée, avec de larges ailes velues, est perchée sur un grand miroir. Pas la seule à avoir été présentée au squelette Lazare, debout au pied du lit, qui m'ouvrait ses os blancs et polis.

J'ai été malheureuse quand il y avait un homme vraiment important dans sa vie. J'ai été malheureuse quand j'ai su qu'elle avait été mariée, quand j'ai su qu'elle avait divorcé, j'ai été malheureuse à chacune de ses rencontres avec des hommes très jeunes, et quand elle a rompu avec eux. J'ai été malheureuse quand elle était excessivement heureuse et j'ai été malheureuse quand elle était triste.

Manifestement elle aime cela, qu'une femme soit malheureuse auprès d'elle.

D'ailleurs Sarah ne parle jamais des vivantes, elle place les tragédiennes mortes au-dessus de tout, mais au fond seuls les hommes l'éblouissent.

Le premier prénom masculin qui vient toujours sur le tapis est celui de son fils, Maurice, qu'elle a acheté à coups de francs-or afin qu'il perde tout ce qu'il a d'étranger, c'est-à-dire la moindre curiosité pour son père. Maurice est tout à moi, dit-elle, je l'ai fait toute seule. En effet elle l'a sculpté dans un lingot. Et il est vraiment beau, il est bronzé, il parle des actrices en les appelant par leur prénom, il a couché avec toutes, et parle intarissablement de son bateau.

Ensuite vient Samuel, l'amant de toujours, le bon docteur qu'on appelle au secours, qui se rend disponible à n'importe quelle heure du jour ou de la nuit, même quand Henri Bergson dîne chez lui, même si Poincaré vient d'annoncer sa visite. Samuel crache des noms d'hommes illustres à chaque expiration mais pour un seul mot de Sarah il quitte en courant son grand appartement silencieux meublé Empire, place Vendôme, à dix-sept mille francs de loyer.

Samuel est professeur de gynécologie à la Salpêtrière, Sarah l'appelle deux fois par jour en demandant le Docteur Dieu et il l'aime encore jusqu'à l'adoration, au point même d'être fou de chacun de ses organes. Un jour il lui a ôté un kyste à l'ovaire, on aurait dit qu'il avait trouvé un diamant.

Et puis Mounet-Sully que Sarah avait rencontré à vingt ans en lâchant l'Odéon pour la Comédie-Française. Volcaniques, ils se ressemblent trait pour trait. Une fois moulé dans les plis d'une toge, Mounet-Sully aurait les capacités de dominer la scène mais il est forcé de multiplier les prodiges d'interprétation pour manifester sa propre lumière à côté de celle de Sarah, parce que jouer aux côtés de la Bernhardt n'a rien d'un combat poétique, c'est un duel mathématique. N'importe quel physicien peut calculer l'intensité que doit avoir une lumière pour en faire disparaître une autre, plus faible. Alors, pour ne pas s'évanouir dans le halo de Sarah, il se surpasse. En Néron il faut le voir se protéger les yeux sous l'auvent de sa main droite comme si le poignard qui va le tuer n'était qu'un rayon de soleil.

Il en faut des forces pour supporter d'être frappé par un poignard de carton-pâte en poussant un vrai cri de douleur, il en faut des forces pour faire croire au public que la lame a touché le cœur et pour y croire soi-même, il en faut des forces pour mourir sur un divan oriental devant mille personnes, je veux dire pour mourir sérieusement. Il en faut des forces pour se lever ensuite d'un bond parce que le public applaudit et qu'il faut aller le saluer.

Mounet-Sully imite Sarah, en rugissant, en grondant. Il s'étire, il gifle l'air autour de lui, il pleure de rage ou rougit sur commande, il broie de l'invisible dans ses poings, il piétine le monde en arpentant la scène. Dans la peau d'Œdipe ou dans celle du prince Hamlet, il est un colosse à colliers, barbu, avec des mèches et des muscles.

Un jour sur scène il avait tordu le poignet de Sarah en la bousculant trop violemment. Le poignet s'était mis à bleuir, il enflait à vue d'œil, puis le sang jaillit des chairs comprimées par les aspérités du bracelet. Tout en détachant précipitamment ce bijou qui la faisait saigner, Sarah avait dit sa réplique quand même. Une autre fois il l'avait jetée par terre en la saisissant par les cheveux, ce qui n'était pas du tout dans la mise en scène, et elle avait dit impeccablement sa réplique, tout en valdinguant.

Il en faut des forces pour mimer l'extase de l'amour quand on a un œil au beurre noir, il en faut des forces pour être frappée d'une vraie baffe et continuer pourtant à pousser de petits rires de joie et à minauder devant un public ravi.

Leur liaison dura deux ans. C'était juste après la Commune.

Pendant ce temps, Régina, la petite sœur de Sarah, mourait d'une toux atroce, recroquevillée dans un corps de dix-huit ans qui ne lui servait plus qu'à tousser. Chaque respiration comme un coup de couteau, et du sang emplissant sa bouche de plus en plus souvent.

— Est-ce que tu vas bien ? s'inquiétait Sarah qui espérait chaque jour lire le recul de la tuberculose sur la peau bleuâtre de Régina, dans ses hoquets, dans ses râles.

— Oui, oui.

Régina froissait son mouchoir pour cacher la longue trace écarlate, tandis que Jeanne, l'autre sœur de Sarah, piquait dans la caisse pour se procurer de la morphine.

Ce fut une période où la Bernhardt s'évanouissait beaucoup. À la fin de la pièce elle perdait conscience, il fallait la ranimer avec des sels, sinon avec des gifles. Ces mornifles thérapeutiques, Mounet-Sully les lui administrait de bon cœur. Et elle était toujours folle de lui.

Je suis tienne, je te donne tout moi, tu es moi, tu es nous. À quoi il répondait : Je te tuerai, je vais t'étrangler.

Il avait bien raison d'être jaloux.

6

Tous les après-midis j'ai corrigé les cahiers de Sarah, car elle écrivait de petits romans à l'eau de rose et des pièces en un acte. Froisser tout simplement ces pages sous mes doigts équivalait à des caresses, alors j'ai été très exigeante, même si je savais qu'elle ne m'écouterait pas.

— Vous pourriez développer ce paragraphe, ici vous restez un peu trop en surface. Cela mériterait d'être encore creusé…

Je me suis imaginé qu'elle verrait mieux ce qu'elle créait si j'étais sa première lectrice, si j'acceptais volontiers de m'offrir en miroir, lisse, transparente.

— Tu penses que je dois continuer à écrire ?

— Un vrai dramaturge n'a pas besoin d'être rassuré.

Sarah a sursauté et ses joues se sont décolorées. Elle a retiré la main qu'elle avait posée sur mon bras :

— Comment dois-je l'interpréter ?

J'ai tripoté ma boucle d'oreille en bredouillant un mot d'excuse.

À cette époque je vivais chez une amie. Elle était couturière, on s'était rencontrées au cours de théâtre, on jouait ensemble des pièces dont les héroïnes étaient des ouvrières, et ce soir-là je m'étais couchée tout habillée, horrifiée à l'idée d'avoir déjà perdu Sarah, à peine rencontrée. Mon amie, ça l'avait fait rire :

— Ma parole, elle t'a ensorcelée.

Parce que je lui parlais tout le temps de Sarah, de la chance que j'avais de connaître une telle femme, et de la servir.

Puis mon mari a fini par me retrouver. Il a mis des sanglots dans sa voix. J'ai continué de dire non, c'est fini. Je n'ai pas voulu rentrer avec lui. Alors il a changé de ton et demandé que je lui dégotte un rôle pour sa maîtresse, maintenant que je suis quelqu'un de si important. Je crois bien que c'est la dernière fois que j'ai pleuré pour quelqu'un d'autre que Sarah. Il a semblé satisfait de mes larmes, il a pris son chapeau, il a hurlé dans l'escalier que nous étions toujours mariés, jusqu'à nouvel ordre, et que j'entendrais parler de lui :

— L'argent que tu gagnes est aussi le mien, c'est la loi !

Très vite Sarah m'a demandé de l'accompagner chez les Nadar pour des séances de photos dans le vaste studio éclairé par des verrières. Des rideaux de toile bleue tamisaient la lumière du jour. J'ai aimé intensément ce lieu où je passais mon temps la tête en l'air à regarder les opérateurs déployer de grands réflecteurs. La première photographie de Sarah par Félix Nadar la montre à seize ans. Un regard sauvage sous une chevelure abondante. Les cheveux donnent un air terrible. Plus ils sont dressés, plus ils donnent l'impression que la personne est grande et dangereuse. Comme elle n'avait pas de robe correcte, Nadar l'avait drapée dans un rideau de velours à glands.

Si Félix ne venait quasiment plus au studio, son fils Paul travaillait activement à l'image de Sarah. Il utilisait des plaques de verre au gélatino-bromure d'argent qu'il pouvait retoucher en appliquant au pinceau un vernis destiné à lisser les imperfections de la peau. Je me souviens de quelques portraits de Sarah Bernhardt portant la mention "Sans retouches". Je n'ai jamais réellement vu la différence. On éliminait sans doute les imperfections chimiques plus que celles de son visage.

J'ai d'ailleurs subtilisé l'une de ces plaques, brisée par Sarah sur un bord de table et pour cette raison jetée à la poubelle par Nadar. Mais peu importe. Elle a un voile blanc sur les cheveux, le regard tourné vers la gauche. Elle a posé durant des heures, exactement comme pour un peintre car elle devait rester immobile jusqu'à ce que quelque chose en elle finisse par décanter, par se concentrer dans ses yeux et à l'extrême surface de sa peau. Ne serait-ce qu'un quart d'heure d'immobilité se traduit déjà par un élargissement des iris et un rétrécissement des narines, puis la lumière quitte le sang et monte vers la peau où elle se cristallise alors en une seule image saisissante qui peut avoir la puissance d'une illumination.

En examinant de plus près cette plaque de verre, j'ai constaté que Sarah ne l'avait pas seulement cassée, elle l'avait également griffée. À l'aide d'une lame, elle avait gratté ce qui ne lui plaisait pas dans son image, quelque chose au niveau du cou, que personne n'aurait remarqué. Elle n'a jamais pu s'empêcher de s'écorcher si elle le juge nécessaire.

Après la séance de pose, Sarah trépignait :

— Je n'en peux plus, il faut que je coure !

Elle hélait un fiacre :

— Au théâtre, vite !

Et elle se jetait dans son personnage comme du haut d'une falaise, elle jouait, elle répétait avec tant d'intensité qu'à la fin de l'acte elle s'évanouissait. Oui, Sarah jouait jusqu'à se consumer. Elle ne s'interdisait rien. Elle était impossible à apaiser. J'ai pensé tout de suite que ce serait ma chance si je pouvais y arriver, si parfois, au moins de temps en temps, je parvenais à la calmer. Alors je lui ai parlé. Ou plutôt j'ai essayé de m'adresser directement à son impatience. J'ai parlé à sa nervosité, à sa violence, à ses impulsions. Et je continue de le faire. Mais certains jours la tornade n'aime pas qu'on lui enlève son pouvoir de nuire. Elle est capable de casser en deux son assiette, comme ça, pour me faire peur. Elle essaie de m'humilier en me jetant un quignon de pain ou un trognon de pomme en pleine figure, mais je m'en fiche.

La première fois qu'elle a brisé une bouteille sur le bord de la table, comme un œuf, ni plus ni moins, au point de nous éclabousser toutes les deux, j'ai hurlé de surprise. Affolée, n'ayant rien vu venir, la bouche absolument sèche, incapable même de la supplier de ne pas me faire de mal, j'avais tendu vers elle mon visage éberlué, comme pour tenter de la convaincre qu'il n'y avait aucune raison, vraiment aucune, d'être à ce point déchaînée, mais elle m'avait oubliée en une fraction de seconde et était passée à autre chose. Dix minutes plus tard, j'étais encore ravagée de chagrin tandis qu'elle, allongée sur son lit, étudiait tranquillement son rôle en mangeant des poires.

Puis on s'y accoutume. Comme de voir bouger ses lèvres pour des injures chuchotées. J'ai compris une fois pour toutes que ses petites mains qui me mitraillent de croûtes de pain et boxent mon amour-propre exécutent une sorte de très vieux numéro, comme ce jour où toute gosse elle avait bu le contenu d'un encrier pour en mourir, histoire de punir je ne sais qui et montrer qui commande.

Maintenant c'est tout juste si je ne souris pas. Un caprice, c'est tout.

Je me demande parfois à quoi servent les répétitions parce que Sarah semble tout de suite posséder ses rôles. Chaque soir elle pleure sur commande, chaque soir la colère la fait bouillir, exactement à l'instant qu'elle a décidé.

Elle avait eu l'idée d'une prouesse dans *Andromaque*, programmé chaque semaine dans son théâtre, en matinée classique. Un jeudi elle était Andromaque et le suivant Hermione. Deux rôles aussi dissemblables que possible parce qu'Andromaque est digne et chaste, et Hermione ardente. Eh bien Sarah avait joué aussi prodigieusement l'une que l'autre. Et parfois dans la même journée.

Alors, quand elle s'adresse à moi, je me demande si c'est sincère ou si elle l'a répété quelques minutes avant, dans le but précis de me faire peur ou de me séduire.

Mais on ne pourra pas m'enlever d'avoir vécu à ses côtés les années les plus miraculeuses, celles du tournant du siècle. Quand j'allais me promener sur le boulevard, je déambulais entre les limonadiers auvergnats et les glaciers italiens. Les affiches des théâtres vantaient Lucien Guitry, Édouard de Max, Coquelin aîné. Des femmes les attendaient, sachant qu'ils hèleraient un fiacre en sortant de scène. J'ai souvent croisé celui de Réjane, très reconnaissable parce que ses chevaux avaient un gros bouquet de violettes glissé sous la têtière du harnais.

Et puis *L'Aiglon*, en 1900, comme un diamant enchâssé dans l'Exposition universelle. Sarah, les cheveux coupés court, toute mince dans son pantalon blanc, avec le ceinturon doré, l'épée, les bottes vernies bien écartées, bien plantées dans le sol. Pour travailler son personnage, elle vivait quasiment l'épée à la main, sanglée dans son costume blanc, et s'était fait faire un lifting aux États-Unis. À Paris personne n'avait compris comment elle avait pu rajeunir à ce point. Elle aimait lire la stupéfaction sur le visage des femmes : *C'est tout à fait diabolique.* Sarah en jouait : *Oui, je suis incorrigiblement jeune !*

L'Aiglon, ça a été le paradis pour elle. Les autres, ça les rendait folles.

Bien sûr, cette pièce en vers n'a pas plu à tout le monde. Quelques éreintements dans les journaux, mais peu importe, le public adore.

On vient parce qu'on est patriote. C'est la revanche de Sedan face aux Prussiens. C'est Lucien Guitry en grognard vétéran : *Et nous, les petits, les obscurs, les sans-grades…*

On vient pour les cheveux courts de Sarah, pour ses cuisses impériales dans le pantalon blanc. Plus de mille représentations et la pièce à l'affiche durant toute l'Exposition universelle. Avec ça, elle a vendu pour des millions de petits morceaux de son corps, des cartes postales la représentant mince et passionnée dans son costume blanc, des médailles à son effigie, des boutons dorés.

Cette année-là Sarah avait tout gagné. Elle était belle, elle s'amusait de tout, avait de riches amants, un fils en bonne santé, et elle triomphait.

Moi je battais des mains pour tenter d'attraper son image comme on essaie follement d'emprisonner un papillon qui vous échappe à chaque instant. Elle s'est toujours méfiée des applaudissements. Des miens principalement. Ils sont les barreaux bruyants de la cage, qui s'entrechoquent. Ils sont les mailles du filet, les murs de la prison. Mes battements de mains, elle sait bien de quelle matière ils sont faits. Piètre prison d'ailleurs car je n'ai jamais pu conserver vivants une seule intonation de sa voix, un seul trait de son visage, un seul éclat de son regard. Le succès de Sarah doit être dans l'impossible fixation de son image. Malgré les photographies et les enregistrements et les images sur la pellicule.

Ça me rend folle.

Ce qui me ronge, c'est la ridicule durée d'un bonheur, d'une chaleur sur le visage et dans le corps. Seuls demeurent en moi les étranges bruissements des robes longues dans les coulisses. Et le désordre de fous rires et de parfums, de chapeaux et de gants jetés au hasard.

7

Encore un Noël de guerre. Sarah Bernhardt a soixante-douze ans. À cet âge on est beaucoup moins juive qu'à vingt ans, beaucoup moins pute, beaucoup moins gay. Quelqu'un qui ne peut plus marcher ne dérange personne, on ne peut tout de même pas à la fois sentir le sapin et le soufre.

Ce soir nous avons des invités et elle se prépare pour dîner. Je lui tends les coffrets à bijoux. Elle choisit une bague ornée d'un serpent d'améthyste. Elle attache à ses oreilles une paire de boucles en grenat, avec une grosse perle. Puis elle épingle à mon corsage une broche d'émeraude qui a la forme d'un trèfle à quatre feuilles :

— Pour toi, Susan.

Je n'ose pas demander si c'est un cadeau ou seulement pour ce soir.

— Donne-moi ma ceinture.

Elle se penche en avant et j'agrafe sur son ventre une large chaîne portant des plaques d'argent incrustées de cornaline.

Émilie arrive la première, en chemise et cravate d'homme. Elle idolâtre Sarah, qu'elle appelle encore "Mon rêve blond". Elle aura décidément passé sa vie à la peindre toute la sainte journée, à la dessiner dans tous ses rôles, et autrefois Émilie aurait tout donné pour passer une nuit avec elle. Elle dit que Sarah n'est pas un être fait de sang. Qu'elle est pétrie d'une substance non humaine, de magnésium peut-être.

Elle est fatigante, cette idiote.

Voilà Georges, peintre lui aussi, qui n'a pas quitté Sarah d'une semelle depuis l'autre guerre, qui l'a représentée moulée dans du satin, alanguie sur un divan, un lévrier à ses pieds.

— Avant c'était l'absinthe, ensuite j'ai eu Sarah et cette muse me suffit largement ! répond-il en s'épanouissant dans un sourire alors que je lui demande ce qu'il veut boire.

Ces deux-là, des thuriféraires. Sarah les a rendus aussi faibles et aussi dépendants que des enfants, elle les a subjugués et je parie qu'ils manifesteront jusqu'à la fin de leurs jours une joie servile à chacun de ses bons mots, à chacun de ses gestes.

Un autre coup de sonnette. C'est Rostand, un peu chochotte et dépressif parce qu'un critique a estimé ses vers en retard d'un siècle sur Apollinaire. Depuis des années il soigne sa mélancolie à la bonne humeur de Sarah et semble perdu sans elle :

— Ma Très Grande, vous riez tout le temps, mais comment faites-vous ?

— Question d'entraînement, comme le reste, cela s'apprend bien sûr.

— Je ne le crois pas, il me semble que c'est en vous comme votre sang. Parfaitement indissociable.

Puis Mounet-Sully, plus voûté que jamais et en retard, comme d'habitude, accompagné d'un affreux bonhomme qui se présente comme un ex de la Divine, ce que je crois difficilement car il est ridiculement petit, tiré à quatre épingles, chauve avec une barbe pointue. Et ses yeux sur moi, perçants.

Sarah lui tend une main glaciale, qu'il ne baise pas.

— Vous ne vous inclinez pas devant l'artiste ? ricane Mounet-Sully.

— Sarah n'est plus une actrice, on y est tellement habitué qu'elle est comme le bruissement des arbres dans le vent. C'est parfait et on n'écoute plus.

— Laisse, dit Sarah, coupant d'un geste la moue réprobatrice de Georges, laisse, sa loi c'est d'être désagréable. D'ailleurs il suffit de regarder ses yeux, deux petits cacas !

Mounet-Sully se hâte d'aiguiller la conversation sur un autre sujet :

— Nous sommes suffisamment nombreux pour organiser une séance de spiritisme. Qu'en dites-vous ?

— Pourquoi ? Tu veux faire parler ma défunte jambe ?

Rostand s'esclaffe :

— Oui, ma Très Grande, la seule chose qui soit au-dessus de la mort, c'est le rire !

— Surtout rire des autres, précise le petit bonhomme en se tournant vers le domestique pour lui demander de l'eau.

— Tu sais bien, mon chéri, que je ne supporte pas les malades à table. Prends donc une coupe de champagne, coupe Sarah d'un air doucereux.

Émilie attrape son fume-cigarette et le plante dans la pâte étrange de son visage pour en tirer quelques bouffées. Elle saupoudre de cendres une partie de la nappe. Sarah hausse les épaules et se met à parler des Prussiens. Ils n'épargnent pas les civils. Il paraît que leurs officiers encouragent au viol. Sarah a peur pour sa petite-fille.

— Et si nous partions pour Belle-Île, suggère Mounet-Sully, nous avons tous besoin de lumière. Toi aussi ma Divine, tu es pâlichonne. Que dirais-tu d'une bonne provision d'algues et d'iode ? Avec des crevettes !

— Oui, tu serais mieux à Belle-Île à te reposer, renchérit Georges. Il te faudrait au moins un an de vacances.

L'océan manquait à Georges. Il aurait aimé peindre encore, depuis la terrasse du fortin, les tamaris, les chardons bleus sur les dunes, les ombres des falaises qui s'allongent sur les vagues, l'écume qui en jaillit, les hommes en complet de coutil blanc, les femmes vêtues de gaze claire sous de grands chapeaux de paille à voilettes.

Sarah prend un air excédé :

— Trop besoin d'argent.

— Oh, toi et l'argent ! bougonne Mounet-Sully. Ça fait trop longtemps que ça dure entre vous !

À présent il reproche à Sarah de ne pas s'être engagée aux côtés des ouvriers, quand ils en auraient eu tellement besoin. Querelle dont ils sont coutumiers. Comme d'habitude elle envoie le domestique chercher le poème que Louise Michel lui avait dédié, elle qui adorait littéralement Sarah, et qui commence par :

Nous sommes toutes deux aux faibles pitoyables.

— Tu vois bien, dit Sarah, elle le reconnaît, elle. Ne dis pas que je n'ai rien fait pour eux.

— De la littérature, coupe le petit bonhomme. Les ouvriers ne sont pas faibles et ce n'est ni l'aumône ni la pitié qu'il leur faut…

Sarah prend un air excédé :

— Je fais ce que je peux. Pour eux, je vais m'ennuyer dans des repas officiels avec des membres du gouvernement, et on ne me parle que de théâtre. Comme si tu ne le savais pas… J'ai un grand besoin d'argent. Où crois-tu que je vais le trouver ? À la Société de secours des artistes dramatiques ? À la maison de retraite de Pont-aux-Dames ? Tu m'as bien regardée ?

— Nous irons tous chez Rostand. Edmond, vous prendrez soin de nous, n'est-ce pas ? dit Mounet-Sully en avançant le menton pour dévisager Sarah, les lèvres relevées sur les canines.

Pendant qu'ils se jettent leur peur au visage, je relis le poème de Louise Michel sur cette demi-feuille salie que Sarah exhibe chaque fois qu'on la traite d'âpre au gain. J'ai rencontré Louise il y a longtemps, elle est morte juste après l'immense succès de *L'Aiglon*, oui je mesure le temps d'après les pièces de Sarah, c'était donc un peu après 1900. Louise était aussi laide que Sarah était belle. Elle avait toujours une robe sale, d'ailleurs elle n'en avait qu'une, elle oubliait de se laver et de se coiffer, elle voulait faire la révolution pour rétablir la justice. Comment, elle n'en savait rien, mais elle venait voir jouer Sarah, elle était du nombre de ceux qui venaient l'applaudir par amour.

Vous, dans votre triomphe et moi je ne sais où…

Louise, je vous ressemble. Vous non plus, vous n'avez pas eu de chance avec Sarah.

Le domestique apporte une île flottante. Le phonographe joue du Chopin.

— De toute façon, à cause des Boches il faudra bien aller se réfugier chez Rostand. N'est-ce pas que le Pays basque prendra soin de Sarah ? fait Émilie en avançant le menton.

— Bien sûr, acquiesce Rostand.

— Cette guerre est une lamentable erreur. Moi je n'aurais pas levé le petit doigt pour récupérer les provinces perdues, intervient le petit bonhomme décidément enragé.

— Si tu oses le répéter, je prends un couteau, dit Sarah en détachant chaque syllabe.

Georges lève les bras au ciel :

— Souvenez-vous, quand elle tue, dans *Tosca*, elle prend le poignard sur la nappe, on ne respire plus. Scarpia s'avance pour la prendre de force, et elle lui enfonce la lame dans la poitrine en disant d'une voix sépulcrale…

— Meurs, meurs, meurs ! complète Sarah.

Tout le monde éclate de rire, sauf le petit bonhomme coléreux qui reprend, avec des graillons de mucus dans la voix :

— Je me moque de l'Alsace-Moselle. Personnellement je ne donnerais même pas, en échange de ces terres oubliées, le petit doigt de ma main gauche qui me sert à secouer la cendre de ma cigarette.

Sarah semble ignorer la provocation. Elle sourit dans le vague, se met à me mitrailler de noisettes. Sans ces merveilleux projectiles dans un joli ramequin de cristal, qui lui permettent de canaliser sa colère, elle aurait expédié le seau à champagne à la figure du petit homme. De toute façon il faut toujours qu'elle jette quelque chose au visage de quelqu'un. Et hop, une autre noisette sur mon front. Et des chocs réguliers dans mes tibias, du bout de sa bottine pointue. Une comédienne doit économiser sa voix.

Georges semble souffrir pour moi. Je le lis dans son regard. À chaque jet de noisette, il cligne des yeux en même temps que moi.

— Vous savez à qui je pense ce soir ? dit soudain Sarah sur le ton de la déclamation. Je pense à Lou !

Les convives baissent la tête sauf le bonhomme qui lisse son nœud papillon en faisant étinceler ses boutons de manchettes en pierre fine.

— Lou, vous vous souvenez ? appuie Sarah.

Georges sort son carnet à dessins.

— Il est si beau, rêve-t-elle, si beau.

Moi je ne dis rien. Je pense : Lou, vous savez bien, Lou, celui qui m'a fait de l'ombre, Lou qui m'a tout pris. J'avais oublié ce que c'est d'avoir froid et puis Lou est entré dans la vie de Sarah…

— Qu'est-ce qu'il devient, ce demi-dieu ? demande sèchement le petit homme laid.

— Hollywood.

— Ah oui, dit Mounet-Sully, Lou, la beauté incarnée ! Le modèle de Rodin pour *L'Éternel Printemps*, c'est tout dire !

Sarah fait rebondir sur mes doigts la louche en forme de cœur de chez Tiffany. Je lui jette un long regard de reproche avant de reprendre la pose sur ma chaise, stupidement immobile.

— L'idée de dérober son modèle à un tel plouc m'était apparue comme une évidence, lâche Sarah.

— Un mufle, dit Émilie qui se souvenait de Rodin frottant l'une contre l'autre les grandes râpes de ses mains quand il rencontrait Sarah dans un salon, et gueulant toujours le même couplet indigné.

Comment peut-on admirer les sculptures de Sarah Bernhardt, elle n'a aucun talent pour les volumes, elle sculpte comme elle va faire du cheval, quand elle a le temps !

Sarah sourit d'un air entendu. Rodin avait tenté de la taillader comme il pouvait, il y en a qui utilisent leur gloire pour cela. C'est vrai qu'elle passait une semaine ou deux dans un atelier, vêtue d'une longue blouse blanche, quand elle avait besoin d'argent, et même si Rodin l'avait trouvée minable, les collectionneurs ne manquaient pas. Alors Rodin s'était vengé autrement, il avait dit : "Ce n'est pas elle qui modèle, tout comme ce n'est pas elle qui joue. Bien sûr, on la voit sur scène, mais ce n'est pas elle qui parle, c'est une espèce de ventriloque caché dans les coulisses. Sarah Bernhardt ce n'est rien, ce n'est personne."

— Dès qu'une femme a de la personnalité elle est folle, dès qu'elle est supérieure aux autres elle est encore plus folle, s'indigne Émilie. Vous vous souvenez quand Zola est venu à la rescousse : "Taisez-vous, monsieur, on n'a pas encore fait de loi condamnant le cumul des talents !"

Excepté Rodin, si vulgairement jaloux d'elle, personne n'a jamais critiqué les bustes de Sarah. À mon avis, du travail bien fait. Elle sculpte. Elle peint. Elle écrit des pièces et elle les joue. Au fond elle n'a pas besoin de nous. Pour rien, puisqu'elle peut tout faire seule.

Ce soir, autour de cette table, deux ou trois d'entre nous sommes encore follement amoureux de Sarah. Nous nous émerveillons à chaque instant de ce qu'elle est. Et elle se nourrit de cet amour dans nos yeux. Elle sait qu'un sourire d'elle nous est, plus qu'un réconfort, une merveille de consolation personnelle.

Sans quoi vivre serait impensable. Sans quoi nous n'aurions rien pour prolonger l'été, pour cicatriser l'hiver, et ça ne serait plus vivable.

— N'empêche, Rodin, tu l'avais sacrément bien remis à sa place, flatte Georges. Monsieur, quand on a une voix pauvre comme la vôtre, totalement dépourvue d'effets, il vaut mieux se taire.

— Pas du tout, rectifie Sarah. J'ai dit exactement : "Vous ne devriez pas parler devant moi car chaque mot que vous tentez vainement de prononcer gâche votre talent."

— Pourquoi tu ne t'es pas essayée, toi aussi, à *L'Éternel Printemps* ? Après tout, tu avais le modèle dans ton lit, ricane Mounet-Sully.

— Comme acteur, ce Lou, j'en garde un souvenir consterné, intervient soudain le bonhomme qui a hâte d'infliger à la conversation de nouvelles secousses électriques. Une voix pas terrible, aucune flamme, fait pour de tout petits rôles, pour son physique, quoi !

Sarah n'attend pas la fin de la phrase. Il a reçu une gifle retentissante, une seule, mais l'énorme bague a entamé la pommette et une goutte de sang parfaitement sphérique commence à coaguler dans la barbe.

— Il y a quelque chose que tu ne comprendras jamais, c'est qu'il y a des limites.

Un rire violent fronce les sourcils de Sarah tandis que le bonhomme essaie de rapetisser son visage, de se contracter, de s'amoindrir, pour offrir moins de prise et de surface à une autre torgnole qu'elle prépare peut-être.

— Servez-lui quelque chose de fort, dit Sarah.

Le domestique apporte du cognac. Le bonhomme hésite, puis il boit d'un trait et repose son verre si violemment que le pied se brise.

Je crois avoir vu les cheveux de Sarah se dresser sur sa tête. Et ses ongles se retourner.

— Avez-vous déjà vu un léopard ronger un os, et en arracher progressivement des lambeaux ? fait-elle à la cantonade en passant ses griffes sur la nappe comme pour les rentrer, ou peut-être les aiguiser un peu plus.

Le bonhomme ne fait pas un geste pour aider la domestique à ratisser les morceaux de verre sur la percale du chemin de table. Il est trop occupé à se composer un sourire grinçant :

— Je répondrai par ces mots de Dumas fils… Les pétroleuses ne ressemblent aux vraies femmes que quand elles sont mortes.

— Vous êtes affreux tous les deux ! glousse Rostand. Buvons aux camélias !

8

Il fait un froid de bête. Je surveille le boulevard, s'il ne vient pas une voiture d'huissier. De temps en temps un passant enveloppé dans des écharpes glisse sur le verglas.

— Je veux jouer. Pourquoi on ne me propose rien ?

— C'est la guerre, Sarah…

— Trouve-moi des gants, j'ai froid.

Je lui donne ses gants gris perle, puis je prends sa main et je sens la pulsation de ses doigts à travers l'étoffe, si clairement que je pourrais en compter les battements.

— Donne-moi mon crayon à sourcils… Je voudrais respirer un théâtre… Sinon on n'aura plus de quoi vivre, à peine comme une mite sur un vieux châle. Tout de même pas aller faire le cul-de-jatte sur le pont des Arts avec une sébile… Combien veut Maurice ?

— Comme d'habitude.

Depuis quarante ans elle donne quinze mille francs par mois à ce fils qui n'a jamais rien fait de ses dix doigts, sauf des dettes.

— Vous n'êtes pas obligée de lui donner. Pour une fois il peut bien emprunter à la banque.

— Tu es folle, on n'emprunte pas quand ce n'est pas la peine… D'ailleurs je n'ai pas besoin d'argent, j'ai seulement un grand désir de m'agiter, et que veux-tu, quand je m'agite je fais de l'argent !

Du regard elle fait le tour de la pièce, débusque une revue tout à la dévotion des mises en scène de Lugné-Poe.

— Qu'est-ce que ça fait là ?

— C'est à moi…

Sarah ouvre la revue au hasard, tombe sur un portrait de Réjane, hausse immédiatement les épaules, laisse la revue glisser jusqu'à terre.

— Va me jeter ça !

Heureusement qu'elle n'a pas eu la curiosité de feuilleter les premières pages car on y présente la technique de Sarah comme ce qu'il ne faut pas faire, de véritables enflures gestuelles, bras ridiculement écartés, yeux rivés vers l'au-delà, extatiques, abandonnés. Trop de fard, trop de pendeloques, trop de diadèmes, trop de serpents, et elle hurle dans le micro, ses enregistrements sont inécoutables. Trop d'énergie pour un simple cornet de papier, trop de chaleur pour un cylindre de cire. La Bernhardt est seulement une flamme, un noyau d'énergie, elle-même ignore sans doute où elle commence et où elle finit.

Déjà à l'autre siècle Goncourt ne s'était pas gêné pour dire partout qu'il préférait infiniment la voix de Réjane pour jouer les drames modernes, parce que Réjane au moins sait exprimer les sentiments d'une femme ordinaire, une vivante qui sent le lit et les haricots, une qui ne se prend pas pour Cléopâtre.

— Réjane n'est pas une grande artiste, s'exclame Sarah, elle est seulement gracieuse, mais elle n'a rien inventé. Elle n'a pas véritablement créé de personnages. Elle se contente de les incarner. Moi je les invente, et ça ne leur plaît pas !

En tout cas Réjane est au goût du jeune théâtre, tout comme la Duse, qui ne veut surtout pas interpréter les reines, fuit les applaudissements, ne se maquille pas, déteste séduire et meurt sur scène comme meurent les malades, sans s'en rendre compte.

Bref, d'impitoyables rivales pour Sarah. Mais des appels pour moi, de vraies sirènes de nostalgie. Grâce à elles je peux repenser à mes cours de théâtre, ces petites choses à moi, à mon niveau bien sûr, mon plaisir amateur d'autrefois.

— Je suis inégalable dans la manière de respirer, dit Sarah aussitôt qu'elle sent venir la critique. As-tu remarqué que les acteurs ne respirent plus ?

Le peu qu'on leur demande aujourd'hui fait trembler Sarah de tout son être. Il suffirait donc d'être simple. D'être nature. Mais savoir trouver l'instant sublime où reprendre sa respiration, alors on s'en fiche !

— Ils n'ont pas compris que j'ai inventé un personnage naturaliste comme ils n'en oseront jamais. Va leur dire, toi, que supporter la douleur est un rôle. Qu'il faut accepter de jouer ce rôle. Que pour le jouer bien, il faut que la douleur devienne une tâche. Un travail de chaque jour. Qu'on connaisse toutes ses possibilités, à la douleur, comment la soulever, comment la sculpter, comment en venir à bout. Je suis l'opérée, je suis l'amputée. Personne n'a joué ça. Même les Scandinaves n'ont pas imaginé une boiteuse admirable dont on a recousu le moignon à l'aide de fils d'argent. Ce rôle, je l'ai écrit avec mon sang !

Je dis avec espoir :

— Vous pourriez au moins lire Ibsen, juste pour voir ce que c'est. Et Tchekhov, justement c'est un médecin, il pourrait être intéressant... Sinon vous risquez un jour de trouver le théâtre trop étroit.

Elle m'a jeté un vase à la tête. Il explose contre le marbre de la cheminée. Je me contente de soupirer. Avec les années, elle redevient l'enfant qu'elle a été, la petite sauvage qui fait des crises de colère. Il faudrait planquer tous les vases et protéger les miroirs.

— Non, je ne changerai pas d'avis ! Et dire que quand j'avais vingt ans, George Sand me traitait de toquée, tout ça parce que je disais une chose et son contraire à quelques minutes d'intervalle, alors que la politesse demande qu'on laisse au moins passer quelques jours entre deux réflexions contradictoires. Pour elle il y avait les gens normaux, dont elle faisait partie, bien sûr, et puis les toquées comme moi, qui font tout de travers, qui rient aux enterrements, qui changent d'avis tout le temps... Il ne restera rien de moi...

Sarah parle encore de Sand, de ses bandeaux, de ses éternels cigares. Elle fumait jour et nuit. Comme elle puait ! Sand, Hugo, Dumas. Tous enveloppés de la même odeur de tabac.

— Hugo, tu te souviens de lui ?

— Non, Sarah, je ne l'ai pas connu.

— Il avait un œil d'alcoolique. Il avait une bouche laide. Un gros nez. Il était tellement ordinaire, un patapouf. Sauf son front peut-être. Lumineux. Mais sa voix avait de la beauté. Or plus personne ne connaît sa voix. La voix d'Hugo.

— Vous, vous avez les enregistrements. Cette vieille barbe de Sand n'avait pas l'électricité et à peine le télégraphe. Ni Napoléon ni Hugo n'avaient eu ça… On ne vous perdra jamais.

Elle joue avec un bâton de rouge à lèvres :

— Je ne veux plus enregistrer, c'est de la torture, on ne conserve pas ta voix, seulement son squelette. Sans rien dessus, sans velouté, sans timbre. Juste une arête, la partie la plus sèche de ton être. Ensevelie dans de la cire. Embaumée. La belle invention de ressorts et de cliquetis ! Et puis je ne parle pas du nez à ce point-là. C'est affreux.

Soudain Sarah s'illumine.

— Lou, fais-moi écouter la voix de Lou !

Sarah est allongée sur une chaise longue aux accoudoirs sculptés. Il y a mille livres au mur dans son dos. Les sépias de Venise sur la cheminée sont assorties à ses colliers. Un rideau de velours ondule devant la grande baie ouvrant sur des arbres. L'autre baie est fermée par un taffetas aux cassures brillantes. Bien que je fasse semblant de ne pas retrouver le divin rouleau, Sarah caresse déjà la caisse vernie du phonographe.

— Tu sais, fait-elle rêveusement, je n'ai jamais tenu un compte exact de mes ruptures amoureuses, mais je crois que c'est Lou qui m'a fait le plus mal. On ne m'a pas quittée si souvent. Les autres fois c'est moi qui ai pris mes cliques et mes claques. Ces drames sont passés à l'arrière-plan de ma vie, de l'autre côté de l'horizon. Mais Lou, j'ai mis du temps…

Je pose l'aiguille sur le sillon du rouleau noir. Un vrai travail de résurrection. Voici Lou et Sarah, enregistrés sur cylindre, en 1911, quatre minutes de *Phèdre*, Lou joue Hippolyte.

— Encore, fait Sarah avec un sourire lointain. Encore !

Et je replace l'aiguille du phonographe sur les lèvres closes de Lou. Cette fois Sarah a fermé les yeux. Elle s'abandonne à la voix douce et bienheureuse qui semble lui retirer enfin toute pesanteur.

C'était il y a cinq ou six ans.

Évidemment quand on dirige un théâtre et qu'on aime un homme, on se fiche bien de son accent étranger et on décrète qu'il sera parfait dans le rôle d'Hippolyte, même si toute la salle se marre chaque fois qu'il ouvre la bouche. Je me souviens, il porte une toge blanche, nouée sur l'épaule par des esclaves parfaits. Sarah parle. Le minuscule acteur attend en triturant les merveilleux plis de sa toge, guettant visiblement les mouvements de la bouche de Sarah et le moment où elle va se taire. Il parle à son tour :

Le jour n'est pas plus pur que le fond de mon cœur…

Sale petit gigolo ! Tout le théâtre se met à rire. Sarah parle à nouveau et le public applaudit. La pièce finie, Sarah et son gigolo distribuent des saluts, radieux, les bras triomphants. Puis ils s'enferment dans leur loge, à double tour. Et quand j'entends rentrer Sarah, c'est presque l'aube.

— Je voudrais le revoir… Tu te souviens, moi et Lou, au cinéma ?

— Vous n'aimez pas le cinéma.

— Parce que je me trouve solennelle et grimaçante et endimanchée. Mais pas avec Lou, pas cette fois-là, proteste Sarah sur un ton d'humour malicieux.

Elle renverse la tête en arrière. Et moi je pleure, je pleure en moi-même, à des profondeurs de volcan.

En 1912 Sarah a soixante-huit ans et toujours le goût des robes de satin blanc. Lou est son amant depuis deux ans. Il a de très longues jambes et ses yeux gris-bleu tournent au myosotis, en tout cas elle l'affirme.

Elle a perdu de l'argent dans son théâtre, un gouffre. On l'a assurée qu'avec le cinéma elle se renflouerait en quelques semaines de tournage, et ça a commencé à lui plaire. Des verres et des contrats circulent. Les ongles ovales de Sarah se mettent à jouer avec le triple rang de perles sur sa robe mauve, et elle parle à Lou d'une voix surexcitée. Elle sera la reine d'Angleterre et lui, son amant.

Un film qu'on commence tout juste à tourner est la pureté absolue. La pellicule n'a encore eu ni maîtresse ni habitudes, elle est sans une ride, sans un pli, rien ne l'a jamais touchée ni froissée, elle a la nature de la lumière, elle tient de l'ange, elle n'a encore accompagné aucun geste humain, elle n'a assisté à aucune rencontre charnelle, elle est sans passé, intacte et vierge.

On tourne. Lou se sent couvé du regard par Sarah, qui le désire. Elle porte un manteau aux manches comme des ailes, une merveille qu'on a livrée le matin même, touchant pour la première fois sa peau, qu'effleureront pour la première fois les yeux gris-bleu de Lou.

Lui joue le comte d'Essex. Plan américain. Sarah, de dos, soulève une lourde tenture et regarde passer le cortège amenant Lou à l'échafaud. Sarah est un peu artificielle, un peu théâtrale. Lou, tout embarrassé de cette froideur royale, n'est pas très à l'aise devant tant d'élégance affectée, pourtant ils rayonnent inexplicablement.

Sarah tourne le dos au public, mais on lit toute la souffrance dans ce dos de reine, on a l'impression d'être caché derrière son épaule parcourue de frissons. J'ai découvert le dos de Sarah. Comme il peut être beau, un objet d'éloquence invraisemblable.

Sarah laisse retomber la tenture, elle pivote vers la caméra, lentement, et le monde tangue.

Quand elle montre enfin son visage, il est livide. Gros plan sur les yeux, des yeux blancs, tournés en elle-même.

Un peu plus tard, on voit le tombeau où repose Lou. Sa tête a été reposée sur son cou. La décapitation est simplement représentée par un trait de crayon noir. Sarah pleure. Ce sont des larmes qui ont le poids du monde. Ses lèvres tremblent. Les mouvements de la pellicule font merveilleusement trembler.

La Reine Élisabeth a été un énorme succès aux États-Unis. Ce film avait été produit par Adolph Zukor, propulsé nabab du jour au lendemain grâce à une pluie de dollars. Pourtant Sarah, horrifiée par cette ridicule pantomime, avait tenté de racheter tous les négatifs pour y foutre le feu.

Elle a la mémoire bien courte.

9

Ce matin, Sarah a refusé de se lever. En guise de vêtements elle enfile une douzaine de colliers les uns par-dessus les autres et trois ou quatre ceintures de turquoise. Puis elle dit à la femme de chambre de n'ouvrir à personne, Paris est peuplé de créanciers.

— Qu'avez-vous, Sarah ? Est-ce que vous voulez que je bassine le lit ?

Le dos appuyé contre trois oreillers, le visage perdu dans cet amoncellement de plumes et dans ses propres cheveux qui la surélèvent encore, le genou relevé en pupitre, Sarah fait semblant de travailler.

— Sept cents vers. Pendant des années j'ai dit sept cents vers d'un coup, et je les ai répétés, syllabe après syllabe, jusqu'à obtenir la musique voulue. Et aujourd'hui je ne fais plus rien, je m'ennuie, ça me tue !

Elle donne un coup de pied dans la courtepointe couverte de journaux froissés, qui soudain dévalent jusqu'à la descente de lit où ils s'entassent.

J'ai froid. J'essaie de me chauffer les mains à la cheminée puis je cours à la fenêtre. Passe un chat blanc et puis des gosses. D'un petit mouvement de marionnette je leur fais signe, ma main tourne sur mon poignet et je souris, mais ils ont bien trop froid pour sortir un seul doigt de leur manchon.

Le lendemain, c'est pareil. Je vais frapper à la porte de Sarah, qui gémit qu'elle ne se lèvera pas.

— Votre fils va finir par s'inquiéter. Vous semblez épuisée.

— Va voir une coiffeuse, Susan, tu ne ressembles à rien aujourd'hui.

Je réitère mes va-et-vient entre la cheminée et la fenêtre. Sarah reste couchée. Je lui demande s'il faut appeler le médecin. Elle ne veut pas. Elle dit que tout va bien. Qu'elle attend. Qu'il va se passer quelque chose de bon, elle le sent. Mais comme il fait froid elle préfère patienter dans son lit, voilà tout.

— Vous attendez quoi au juste ?

— Je me prépare… As-tu déjà regardé ce qu'il y a au fond de toi ?

— L'obscurité !

— Un jour j'ai exploré une crevasse, une espèce de grotte, je voulais savoir ce qu'il y avait au fond de ce trou. On m'a bouclé une large ceinture autour de la taille et on m'a fait descendre au bout d'une corde. Là-haut des hommes tenaient la corde. Ils m'ont dit : "Vous n'aurez qu'à crier et on vous fera remonter. Mais si la corde casse alors il n'y aura plus rien à faire." Je suis descendue. Le fracas de l'eau m'envahissait tout entière, pas seulement les oreilles mais tout le corps, comme des coups de canon. Tout de suite j'ai voulu crier remontez-moi, mais quand j'ai ouvert la bouche le vent s'est engouffré, il m'a étouffée. Et tout à coup j'ai eu très froid aux jambes. L'océan. J'étais tout en bas, au fond de la crevasse. L'eau jaillissait. Des fusées d'eau habitaient cette crevasse. Et j'ai vu des yeux, des yeux brillants partout, des yeux levés vers moi, j'ai compris que c'étaient des pieuvres, mais je n'avais jamais été regardée par de tels yeux. Ensuite les hommes m'ont fait remonter. Les yeux étaient partout, ils brillaient le long des parois. Je claquais des dents. Ce sont les yeux des naufragés, ont dit les hommes. Faut pas rester là.

— Si j'ai bien compris, vous attendez la personne qui va tirer sur la corde pour vous aider à remonter.

— J'ai le goût du miracle. Ça ne peut pas tarder… Quelque chose finira par arriver, tu vas voir.

Mi-février, j'entends les pétarades d'un moteur alors je soulève le lourd rideau. Une luxueuse voiture s'est arrêtée sous nos fenêtres. C'est un imprésario portant un chapeau de cuir. Visage vulgaire. Épais. Du genre que l'alcoolisme mondain a alourdi. Du genre séducteur. Toutes ces petites comédiennes en quête de contrat, c'est l'avantage du métier. Sous le bras il tient une serviette avec un nouveau projet de tournée américaine.

Sarah me lance un regard épanoui. Elle se redresse. Il y a soudain en elle quelque chose d'un feu follet, d'un lutin. Comme une greffe d'enfant dans une peau de vieille.

Comme d'habitude, Sarah se produira dans une trentaine de villes et circulera dans son train spécial.

— Vous jouerez deux fois par jour, dit l'imprésario.

— Deux fois par jour, répète-t-elle avec gourmandise en lissant son col de velours tandis que je lui traduis les précisions de l'Américain.

Deux fois par jour, moi je sais bien ce que cela veut dire, cela veut dire ne plus voir la lumière du soleil. Être toujours le soir, avec un lustre, de la lumière au gaz ou de la lumière électrique. Du temps suspendu. Et faire comme si on n'avait pas froid, comme si on n'avait pas trop chaud, arriver à faire tomber des larmes malgré la sueur qui coule déjà sur le visage, malgré le maquillage et la coiffure. Et, à peine la représentation terminée, se réfugier dans le train spécial et s'endormir malgré le raffut des aiguillages.

— Vous aurez comme d'habitude un wagon très confortable.

Pour la troupe, quatre ou cinq voitures Pullman lambrissées de bois précieux, équipées de sièges capitonnés et pivotants, et un wagon encore plus luxueux pour Sarah, avec piano, baignoire et femme de chambre.

— Comme d'habitude, répète Sarah sur un ton guilleret.

— Choisissez de petites choses très courtes, si possible la dernière scène du dernier acte…

— Mourir est ma spécialité, dit Sarah.

— Vous mourez à la perfection et les Américains aiment la mort encore plus que l'amour.

Parfait, hachons menu le théâtre français et prélevons le plus croustillant. Il y en aura pour tous les goûts, du bûcher de Jeanne d'Arc à la tuberculose du duc de Reichstadt, en passant par les convulsions d'agonie sous la lame d'un poignard. Une grande actrice, pour les Américains, c'est celle qui vous fait pleurer, celle qui comprime ses hanches entre ses mains pour exprimer la peur et l'affliction, celle qui griffe de jalousie et à qui les scènes de folie ne font pas peur. Sarah jouera pour elle-même. Comme autrefois. Ce n'est pas une équipière, c'est la jeune première. L'éternelle jeune première, et tout le reste du monde sera à son service.

— Vous jouerez donc plusieurs fois par jour des rôles différents.

— Je suis comme les Américains, je raffole d'exploits physiques, fait Sarah très sérieusement, et je la traduis tout aussi sérieusement.

L'imprésario ne moufte pas. Il est très concentré, très professionnel :

— En français bien sûr, comme toujours. Nous vendrons des plaquettes aux spectateurs, avec une traduction et un résumé pour comprendre à peu près de quoi ça parle. Nous sommes encore en train de préparer votre circuit. Il y aura Saint-Louis, Cincinnati, La Nouvelle-Orléans…

— Et les serpents d'eau qui se faufilent dans les lavabos, dit Sarah, propos que je ne traduis pas.

— Probablement aussi le Kentucky et l'Ohio.

Plus d'une année de pérégrinations, de ponts immenses par-dessus des rivières inouïes, de champagne dans le désert, jusqu'au marbre impeccable du Capitole.

— Des journalistes vous attendront dans chaque ville, et vous devrez leur répondre, c'est dans votre contrat.

— De quoi faudra-t-il leur parler cette fois ?

— Qui va gagner la guerre, ce que vous pensez du Kaiser, si vous avez vu des prisonniers allemands. Si vous êtes pacifiste.

Sarah a un sourire radieux en désignant le ruban de la Légion d'honneur, trait rouge sur sa veste de satin blanc.

— Il y a trente ans on me demandait si j'étais catholique et si mes cheveux frisaient naturellement !

— Aujourd'hui il n'y en a plus que pour la guerre…

— Et le pourcentage ? Méfiez-vous j'ai un appétit de bête quand il s'agit de réparer ma fortune.

L'imprésario éclate de rire. Il déplie lentement une liasse de feuillets tandis que j'apporte les plumes et l'encrier.

— Je ne signe jamais tout de suite, prévient Sarah, je suis trop superstitieuse. Susan, un bout de papier.

Sarah trempe sa plume et lâche une goutte violette sur le papier.

— Soyez gentil de plier cette feuille en deux, fait-elle à l'imprésario.

Il s'exécute avec un sourire.

— Et maintenant dépliez-la. Si c'est un papillon, je signe, si c'est un gros pâté sans ailes, vous rentrez seul à New York.

L'imprésario fronce les sourcils. Sans doute retient-il son souffle au bruissement du papier qui se rouvre. La tache est devenue une espèce de papillon de nuit.

— Ça ira, dit Sarah. Ce sera une belle tournée d'adieu.

Elle signe tandis que l'homme, qui sirote un whisky, la détaille sous toutes les coutures.

— Où sont vos béquilles ?

— Je n'en ai pas, dit Sarah tranquillement, puisque je ne marche pas. Cela m'est absolument impossible. Je suis condamnée à être immobile, et croyez-moi c'est un châtiment. Je ressemble à un arbre. Est-ce qu'il y a quelque chose de plus cruel ? Un arbre est une véritable paralysie. Un arbre, tout le retient. Vous rendez-vous compte ?

— À New York, on fabrique des jambes artificielles, dit-il.

— Je n'en veux pas, c'est affreux. Mais bien sûr j'y ai pensé, c'est vrai. Si j'avais accepté la prothèse, j'aurais pu explorer les possibilités du plateau. Réapprendre à marcher sur scène, comme un enfant. J'ai pensé à tout ce qu'une jambe articulée pourrait faire sur scène. Mais je n'ai pas voulu. Je n'ai pas voulu parce que j'y aurais passé de nouveau des années, vous comprenez ? Je ne veux pas tomber. Vous savez ce que c'est tomber pour un comédien ? Vous savez ce que c'est quand une pièce tombe ? Je ne veux pas tomber.

L'imprésario semble capable de relativiser :

— Bon, ça ne vous empêchera pas de voyager. Une fois que vous serez sur le bateau ou dans votre train, vous aurez des bottes de sept lieues…

— J'aimerais être ici et là-bas en même temps. Ça me plairait. À Paris et à New York en même temps. À la fois ici et ailleurs. Voir comment est l'Amérique quand je suis à Paris, du même coup d'œil, au même instant.

— Vous n'avez qu'à lire les journaux.

— La première fois que je suis allée aux États-Unis, je n'y croyais pas. Je pensais que ce pays n'existait pas. Comme si j'avais rêvé tout le temps. Quand j'y suis retournée, je veux dire la deuxième fois, j'ai été presque étonnée que ce pays existe encore, c'était donc vrai. Et puis la troisième fois, c'était encore une manière de vérifier. C'est drôle, hein ? Parce que le théâtre, quand le public rentre chez lui, le théâtre n'existe plus. Quelqu'un qui voudrait revenir se rasseoir à sa place ne verrait plus personne sur la scène, c'est vide. Le théâtre, je croyais que c'était un pays, et ce n'est même pas un village… Vous aimez vraiment le théâtre, Mr Jones ?

Puis la cérémonie de l'argent, aussitôt que le domestique a raccompagné l'imprésario.

Sarah considère les liasses de billets devant elle sur la table tout en buvant de petites gorgées de café.

— C'est par l'argent que je suis toujours jeune, tu vois… Fais porter ce qu'il faut à Maurice et puis propose à Mado de venir déjeuner demain. Dis-lui qu'il y aura du chapon rôti avec de la salade et pour finir une glace aux marrons.

10

La petite-fille de Sarah n'a pas vingt ans. Sa grand-mère, elle l'appelle Great. Une idée de Rostand.

Je l'ai connue toute petite, quand elle n'avait encore qu'une frange de cheveux platine sur ses beaux yeux très clairs, très écartés de la racine du nez, ce trait léonin des Bernhardt. Sarah se vantait partout d'être la plus jeune grand-mère de France, alors que du côté des fortifs il y a des filles qui sont aïeules à vingt-six ans.

Quand Sarah jouait *L'Aiglon*, Mado avait été gravement malade. Alors, à l'entracte, sa grand-mère courait de toutes ses forces jusqu'à sa calèche. Elle voulait être présente à l'heure de la piqûre. La fillette ne respirait pas bien, mais au moins la fièvre ne montait plus.

Une semaine comme ça.

Sarah portait son costume de scène, bien sûr, puisqu'elle ne restait à son chevet que quelques minutes, et la gosse jouait avec les aiguillettes de sa cape. Sarah serrait la petite dans ses bras. Pour jouer, il faut s'entraîner avec des haltères. Elle soulevait des poids. Elle avait des muscles. Elle s'amusait à les montrer à la gosse, à les faire saillir.

Pendant ce temps, au théâtre, le public se fâchait, trouvant l'entracte trop long.

Enfin le rideau se levait et le duc de Reichstadt réapparaissait, hors d'haleine.

Comment avait-elle pu jouer chaque soir, dans l'inquiétude et dans l'angoisse ?

À la fin de la pièce, elle ne se démaquillait pas, ne se déshabillait pas, je l'accompagnais et nous nous jetions dans la calèche. Nous passions la nuit auprès de Mado. Toujours drapée dans son manteau blanc à aiguillettes, Sarah s'endormait, affalée dans un fauteuil, et toutes les nuits ce fut ainsi, jusqu'à ce que le médecin dise que Mado était sauvée.

La table est garnie de fleurs, de porcelaine, de bougies, de cristaux. Le domestique qui porte Sarah la dépose sur son fauteuil.

— Viens ici, ma chérie, que je te broie, dit Sarah. Viens te faire dévorer ! Tu te souviens quand tu étais plus petite que moi ?

— Comment tu vas, Great ? chante Mado en fronçant le nez. Tu as l'air un peu fatiguée, non ?

— Au contraire, je rajeunis ! Ce matin mon miroir m'a dit : *Rien ne s'est effondré dans la nuit, aucune ride ne s'est creusée. Et même un cheveu blanc est redevenu roux*... Tu vois, quand je lui fais les gros yeux, le temps rebrousse chemin !

Mado porte un chapeau très chic. Ses cheveux s'en échappent, couleur de flamme. Et je lis sur le visage de cette très jeune femme sa méfiance du théâtre.

À cause du mal qu'il fait à sa grand-mère.

C'est moi qui avais vendu la mèche quelques mois auparavant. J'en avais parlé à Mado un jour que Sarah était toute pâle. Mais d'aussi loin que je puisse me rappeler Sarah n'a jamais joué Phèdre sans s'évanouir en sortant de scène. À la fin de la représentation, après s'être réfugiée dans sa loge, elle restait des minutes entières toute pâle et claquant des dents. Ou le cœur battant si fort à la fin de *La Dame aux camélias* qu'elle ne pouvait plus parler jusqu'au lendemain. Et durant cent cinquante représentations de *Théodora*, après avoir tué Marcellus pendant une crise de nerfs, elle remontait dans sa loge en pleurant et elle bourrait la porte de coups de pied.

— Le théâtre, ce n'est plus toi, Great, risque Mado avec maladresse.

— Je n'ai pas le droit de m'arrêter, ce serait une désertion, coupe Sarah.

Combien de fois les médecins ont exigé qu'elle cesse de jouer ? Combien de fois Maurice et Mado m'ont désignée, comme si c'était à moi de le faire, comme si moi je ne devais pas avoir peur de lui annoncer une chose pareille ?

— Tu pourrais au moins commencer à y penser… tu ne crois pas ? murmure Mado, qui se dégonfle.

— Ma chérie je ne suis peut-être plus qu'un buste, ou presque, mais je suis un buste avec des pattes pour courir partout, tu comprends ?

— Alors fais au moins attention à toi !

— Et si je te proposais un beau voyage en Amérique ?

— Quand ?

— Pauvre Racine, je l'emmène de nouveau aux Indiens. Nous partons dans six semaines.

Mado a un sourire jusqu'aux oreilles. C'est l'enfance qui revient l'enivrer. Buffalo Bill en Bretagne, vers 1905, une tournée passant par Saint-Nazaire,

Lorient, Quimper et Brest, finissant à Rennes, en apothéose, par la bataille de Little Big Horn et l'attaque de la diligence de Deadwood par le grand Sitting Bull. Sur les genoux de son père elle applaudissait à tout rompre.

— Viens que je t'embrasse, dit Sarah.

Mado pose joyeusement les mains sur les épaules de sa grand-mère qui se redresse d'un coup comme si un canon l'avait renvoyée dans le monde, vivante et pimpante. Sarah a retrouvé la chaleur de sa grande enfant délurée et se met à fredonner dans une langue inconnue, n'importe quoi pour ne pas pleurer de joie.

— Et toi, qu'est-ce que tu me racontes ?

— Autant que tu le saches, papa est allé jouer à Monte-Carlo.

Sarah n'écoute pas, elle détaille la bouche de Mado qui est une petite sphère de vie, dense et rouge comme un fruit confit. Sous les yeux elle a des cernes qui lui vont bien. Et ce menton dodu, on n'en finirait pas de le caresser.

— Épargne-moi les détails, ma chérie, je t'en prie, ton père n'aura qu'à téléphoner s'il a besoin de quelque chose.

La semaine suivante, nous choisissons les costumes à faire emballer pour la tournée américaine, tandis que le phonographe joue la voix de Lou en Hippolyte.

Tout en pliant une étole, je demande :

— Pourquoi m'emmenez-vous ?

— Je te promène comme un morceau du pays natal, répond Sarah assez distraitement.

Elle essaie d'estimer nos futurs droits de douane mais ce calcul mental la fatigue. Elle jette le calepin et le crayon dans ma direction.

— Je voudrais obtenir instantanément des choses impossibles. Je voudrais revoir Lou, je voudrais pouvoir l'obliger à ressentir de l'amour pour moi, je voudrais que ma jambe repousse… Je ne veux que les choses impossibles, parce que les autres je les ai déjà toutes, n'est-ce pas Susan ?

Elle me tend une photo de Lou.

Si je pouvais enfiler des gants, et même deux paires de gants l'une par-dessus l'autre, à cet instant, avant de toucher cette photo, je le ferais. Je ne regarde pas le visage de l'éphèbe. Je ne regarde pas ses yeux clairs. Je ne vois pas la cravate de satin dans l'entrebâillement du costume, ni le chapeau à ruban de soie. Je saisis l'image entre le pouce et l'index, d'un geste tremblant et emprunté.

— Il a sûrement beaucoup changé…

Sarah me tend une carte qu'elle vient de griffonner :

— Ne dis pas n'importe quoi et donne ça au domestique, qu'il aille à la poste…

Toujours son écriture illisible. Les dernières syllabes sont de simples traits horizontaux. Je le lui fais remarquer.

— Tu crois peut-être que j'ai le temps de finir mes mots ? Fais-le, toi !

Je tourne l'enveloppe entre mes doigts.

— Pour les États-Unis ?

— Évidemment, Lou est à Hollywood maintenant… Dépêche-toi et reviens me lire les journaux, je veux savoir où en est la guerre… Il faudrait que les États-Unis se décident à faire la guerre, sans eux on est fichus.

Et je pense : *Oh oui, que Lou soit mobilisé, qu'il vienne se faire tuer ici, dans la boue de l'Argonne.*

Je lis les journaux à voix haute pendant que Sarah sirote un thé au miel. Je lis mécaniquement des histoires de sang et de boue. Je suis forcée d'écouter ma propre voix alors que je suis amoureuse du timbre de Sarah qui orne ma vie, qui pénètre ma peau. Je lis que nous avons de nouveau perdu Mulhouse. Je lis que les Gothas survolent Clichy. Que des canons énormes sont pointés sur Paris. Et j'ai honte à la fois de mes chevrotements et des mauvaises nouvelles que j'annonce, à tel point que j'ai l'impression que c'est moi qui suis en train de détruire le monde.

Enfin Sarah m'interrompt :

— Pourvu que je ne sois pas malade. C'est une folie, n'est-ce pas ? De nouveau traverser l'Atlantique pour aller chercher de l'argent à cloche-pattes. Une tournée de près de dix-huit mois, à mon âge !

Elle a calculé que si d'aventure elle tombe malade elle sera obligée de renoncer à deux millions de francs. Et son visage s'assombrit.

Je lui suggère de se faire prescrire des hormones, c'est en vogue, le remède aux vertiges et aux coups de fatigue. Les boîtes à pilules sont pleines de petits bouts de thyroïde de mouton, de thymus de veau, d'ovaire de brebis. Et même Émilie affirme que ses muscles se sont raffermis, elle a bien vu aussi que ses rides s'estompent. La mort n'est pas normale, disent les médecins. La vieillesse encore moins. Grâce aux hormones on va pouvoir garder un cœur et un cerveau affamés de vie.

— Tu te trompes, Émilie n'a jamais eu une jolie peau et en outre elle est trapue comme un lutteur…

Sarah semble douter de l'efficacité d'un tel produit.

— Susan, si je suis malade, tu demanderas un traitement au radium. Et même si on te dit que ce n'est pas du tout indiqué, je m'en contrefiche, je ne peux pas me permettre de perdre deux millions. Je veux que ça brûle, que ce soit dangereux, et que ça aille très vite.

11

Édouard de Max au moins était un grand acteur. Sarah l'avait engagé vers 1893 pour le rôle de Thésée. À l'époque il avait une chevelure noire, indécente, encore plus de cheveux que Sarah et un air de César qui aurait eu des yeux d'ange, ce sont les mots de Sarah, pas les miens car je lui trouve un regard de fou. Et puisqu'elle était sans conteste la voix d'or, les critiques attribuèrent à de Max une voix de bronze, comme un orage lointain, un grondement de fleuve qui peut se transformer en murmure du vent dans les bois, une voix qui passe de l'amour le plus caressant à la résonance du métal.

Il a mon âge, les cuisses brunes, les aisselles sombres et se rase les sourcils pour plaire à de jeunes hommes très beaux. Ses cravates sont plus sublimes que la plus belle des robes de Sarah. Il paraît qu'un soyeux de Lyon les tisse pour lui seul, et qu'il n'y en a pas deux identiques sur terre. Il y pique une perle grise.

Quand Sarah lui parle mise en scène et psychologie des personnages, il est d'accord sur tout. Mais oui, c'est vrai que le rôle d'Hamlet n'est pas fait pour un homme. Hamlet est fiévreux, maigre, bouffé par la névrose, il ne peut pas être en plus large d'épaules et bardé de muscles. Hamlet en jeune premier est un non-sens.

En vérité il rêve de Sarah en Néron, et lui dans le rôle d'Agrippine, croulant sous les boucles et les colliers en attendant le glaive qui lui percera le ventre.

La première fois, c'est de Max qui a conduit Lou Tellegen boulevard Pereire, tout en fourrageant dans les boucles blondes du jeune homme.

Sarah a versé quelques gouttes d'iris sur son mouchoir et l'a respiré comme des sels d'ammoniac. À l'artère de son cou j'ai vu que son cœur battait plus vite et sans doute a-t-elle osé donner un peu moins d'argent à Maurice car elle a immédiatement investi dans une Panhard et Levassor. Pour impressionner Lou.

Elle avait soixante-six ans, Lou vingt-sept. Elle m'a présentée à lui en ces termes :

— Susan est ma suivante, on s'ennuie beaucoup avec elle, vous verrez, c'est une intellectuelle. Mais vous pourrez lui faire n'importe quoi parce qu'elle supporte tout avec un masochisme exemplaire.

Et comme si ça ne suffisait pas, mon mari s'est présenté le même jour boulevard Pereire. Des années plus tard, il poursuivait son idée, il voulait de l'argent. La domestique a prévenu Sarah qui a émis un petit rire dans ma direction, un gloussement aussi violent qu'un crachat, et elle m'a jeté un long regard de dégoût. Dansant d'un pied sur l'autre sous l'effet de la colère, mon mari menaçait de l'avocat. J'étais rouge de honte. Ça s'est passé devant Lou et de Max, qui rigolaient. Sarah n'a fait ni une ni deux. À son jardinier, qui était une brute, elle a donné un ordre laconique :

— Débarrassez-moi de ça.

Comme elle jouait Théodora, elle a imposé Lou dans le rôle de Justinien. J'ignore comment il jugeait Sarah, s'il pouvait vraiment la trouver belle. Il ne s'est jamais inquiété qu'on le prenne pour un gigolo ou même pour un dément. Il était en accord avec lui-même, se fichait bien qu'on ne l'approuve pas. Et comme Sarah était très sûre d'elle, de son pouvoir de séduction, il devait être pleinement rassuré.

Dans *Le Procès de Jeanne d'Arc*, elle lui a donné le rôle de Bedford. Un peu plus tard Oreste dans *Andromaque*. Pourtant quand il jouait, les pièces tombaient. Le public ne supportait pas Lou, c'était viscéral. Mais lui ne bougeait pas. Il voyait bien qu'on le sifflait, et il savait lire les gazettes de théâtre tout de même. N'importe qui aurait tourné les talons pour se reconvertir dans une autre branche. Mais pas Lou. Quant à Sarah, plus on le critiquait, et plus elle insistait, obstinément, avec entêtement, au point finalement de ne plus jouer qu'avec lui.

Pour Lou, je l'ai vue sortir des liasses de son coffre-fort, les manipulant comme des choses, l'air hagard, comme si ce n'était pas de l'argent mais par exemple des cailloux ou des feuilles de marronnier. Les agiter. Les recompter. Puis les déposer entre les mains de Lou qui l'invitait à danser.

Ces choses que Sarah lui écrivait, et que j'étais parfois obligée de copier sous la dictée, je ne pouvais pas les supporter. Elles m'écrasaient, elles étaient trop parfaites. Trop celles que j'aurais voulu m'entendre dire par la Sarah d'autrefois.

Nous étions tous les deux, Lou et moi, dans ses bagages en 1910 pour sa énième tournée américaine. Deux jours après notre départ, j'ai changé de cabine. Les cris de plaisir de la Bernhardt, je ne les connaissais que trop. Alors j'ai accepté les invitations de quelques machinistes tout empâtés de sommeil et d'alcool, j'ai suivi des admirateurs de Sarah, qui s'étaient rabattus sur moi, à défaut de la Divine.

Durant toute cette tournée j'ai été chargée de poster ses lettres à son fils, des messages signés *Mother* dans lesquels Sarah se vantait d'à peu près tout. Cinq cent trente mille francs de recettes en un mois. Succès colossal de *Jeanne d'Arc*. On me trouve plus belle que jamais. J'ai un succès incroyable. Je reçois des lettres d'amour, de passion, de folie. Il y en a qui me donnent soixante-dix ans, d'autres quatre-vingts. Je m'en fiche, je ne démentis rien. Ils sont fous, ils sont amusants, les Américains sont cinglés.

Et je savais bien que c'était vrai. Tout était vrai, la folie, la passion. Que les Américains l'adoraient et qu'elle répandait son argent sur Maurice et sur Lou, son amour sur Maurice et sur Lou.

Elle aura toujours été au plein milieu de sa vie, sans aucun sens de la mort à préparer ou de la nécessité de s'arrêter pour contempler le chemin parcouru… D'ailleurs non, elle n'était pas au milieu de sa vie, elle en a toujours été à l'extrémité la plus piquante, à la pointe violente et capricieuse, fougueuse et séductrice de la vie.

Durant toute cette tournée américaine, dans ce wagon que j'avais préféré déserter, ils ont fait l'amour parmi les bibelots et les statuettes d'ivoire. Lou faisait glisser l'étole de Sarah, dégageant sa nuque qu'il embrassait avant de lui ôter lentement sa longue tunique.

Cette légèreté a duré quelques mois. D'être amoureuse a multiplié l'énergie de Sarah, elle s'est sentie transportée, transformée, il se faisait même en elle une sorte de production merveilleuse de jeunesse. Et du côté de Lou cela se manifestait par un calme bienfaisant. Il avait fini par admettre, avec lucidité, qu'il ne possédait rien et n'existait en définitive que posé sur l'épaule, sur la bouche de Sarah. Comblé par ces lieux doux qu'elle lui offrait, il n'avait pas commencé à se construire même une minuscule carrière. Sans doute cela lui convenait, qu'elle soit son méridien de Greenwich, le point à partir duquel régler son calendrier et son corps. Elle était sa règle. Elle était le fuseau à partir duquel mesurer ses faims, ses soifs, ses sommeils.

Je sais combien Sarah a aimé Lou. Elle l'a aimé avidement. Elle avait une soif extrême de lui. Elle le dévorait. Rien ne comptait plus que sa peau, ses yeux si tendres, son cher petit sourire.

— Mon joyau… ma merveille…

Mais durant le voyage de retour à Paris, au printemps 1911, il s'est passé quelque chose de terrible et d'insignifiant à la fois, comme le sont tous les événements qui retournent une vie comme un doigt de gant.

En venant dîner dans la salle à manger du transatlantique, Sarah a perdu l'équilibre. Elle est tombée, tout bêtement. Peut-être regardait-elle ailleurs, obnubilée par la silhouette de Lou. J'ai tendance à penser que l'épuisement y était aussi pour quelque chose. Elle est tombée à genoux. Le capitaine s'est précipitamment levé de sa table pour l'aider à se redresser.

— Laissez, ce n'est rien, ce n'est rien.

Elle n'a pas voulu se faire soigner parce que, prétendait-elle, le médecin du bord avait les ongles noirs.

Elle a appelé Lou, ils sont retournés dans leur cabine.

— Pose tes mains sur moi, je t'en prie.

Comme s'il avait des dons de guérisseur… Elle a dénudé son genou, il a posé sur le bobo ses longues mains aux ongles faits et Sarah a affirmé qu'elle allait beaucoup mieux. La douleur avait disparu. Le théâtre pouvait reprendre ses droits.

Quelques mois se sont écoulés, de passion encore et de représentations. Mais Lou à Paris était bien plus difficile à surveiller que dans un wagon de chemin de fer traversant l'Arkansas.

La merveille ne tient pas en place, ce sont des hôtels exorbitants, des dîners de homards. Il prend des trains pour la Suisse. Il a le visage bronzé et serein, ses yeux sont enjoués. Il se pavane à Nice dans un hôtel de luxe, il paraît qu'il déambule main dans la main avec des brunes tapageuses. Quand Lou s'installe dans cette voiture de sport qu'il pilote à toute allure, Sarah n'existe plus. Elle s'est dissoute au grand soleil. Il va rejoindre un bateau plein jusqu'au bastingage de filles très jolies, il y a même des comédiennes de la troupe de Sarah, on se déshabille sur le pont et on plonge nu.

Sarah est en enfer. Tout ce qui n'est pas Lou la traverse comme la pluie le sable, ne lui laissant rien, pas de mémoire, pas de bonheur. Elle oublie systématiquement son texte. Un soir elle a coupé une douzaine de vers. Elle perd la boule. Le souffleur ne chôme pas. Lou lui fait mal. Elle voudrait qu'il reste à Paris. Seulement pour elle. Ils devaient se voir une fois par semaine, et voilà que c'est tous les jours. Elle en veut toujours plus. Elle demande avec qui il a passé la soirée d'hier. Elle veut savoir où il sera demain. Et elle s'étonne bruyamment qu'il préfère aller dîner avec des danseuses plutôt qu'avec elle, en tête-à-tête.

Comme il ne veut pas faire ce qu'elle veut, elle prend un autre amant. Elle ferme sa porte à Lou.

Lou téléphone tous les soirs. Tous les soirs la femme de chambre dit que madame est sortie.

Lou rappelle, mais Sarah n'est jamais là.

Il rappelle encore, en pleurs, et cette fois on lui dit que Sarah vient tout juste de rentrer. Elle prend le combiné, elle est encore enveloppée de son grand manteau de loutre royale.

— Je t'attends, dit-elle simplement.

Et ça recommence. Sarah se demande où est Lou, s'il y a quelqu'un avec lui en ce moment dans sa chambre, s'il y a une femme avec lui en train de se mêler de ce qui ne la regarde pas, et elle n'est plus bien sûre d'exister.

C'est à croire que le monde entier est amoureux de Lou. Il suffit qu'il entre dans un salon pour que toutes les femmes et même les hommes se jettent à ses pieds. Et quand Sarah n'est pas jalouse des cavalières qu'il fera danser ce soir, elle exècre celles qu'il a aimées hier. C'est affreux qu'elle n'ait pas connu Lou avant. Elle aurait voulu avoir été la première, sûre de ne partager le trésor avec personne. Une photographie les montre ensemble. Sarah porte un chapeau de soleil qui allonge encore sa silhouette. Lou en pantalon de toile, la chemise ouverte, tend les mains vers elle.

Mais un jour, à son retour à Paris, et avant que Lou ne s'engouffre dans la belle voiture pour retourner passer la nuit dehors, Sarah lui a demandé :

— Est-ce que tu m'aimes ?

Lou a répondu sans hésiter :

— Je tiens à toi.

Il a bien vu le coup au cœur et Sarah l'a griffé, tremblante de rage.

Alors la douleur qu'elle avait oubliée est revenue. Sarah a vacillé, elle s'est abandonnée à la maladie. Le genou a gonflé comme un ballon.

Comme une tête de nouveau-né, s'extasiait-elle.

Impossible de s'appuyer sur cette jambe.

L'été suivant, à Belle-Île, elle s'est étendue sur une chaise longue au soleil et elle a attendu que le soleil la dévore. Elle pensait fermement que les rayons brûlants combattraient l'inflammation provenant de l'intérieur de son corps, que le soleil gagnerait à coup sûr.

Elle faisait chaque jour le tour de l'île dans la calèche tirée par les juments Cassis et Vermouth. Elle mangeait des crevettes, des maquereaux au sel cru. Elle prenait des bains d'algues. Elle regardait pensivement le domestique nourrir le grand-duc qui vivait solitaire dans une cage, pour lequel il fallait tirer un lapin par jour. Elle venait nous voir jouer au tennis et elle bavardait avec les ramasseurs de balles du village, qui couraient dans les tamaris.

Elle grillait au soleil et elle mourait d'ennui.

Pour rien. La jambe n'allait pas mieux.

Alors elle s'est vengée sur moi :

— Susan, pourquoi es-tu aussi petite ? Je ne veux pas d'un avorton près de moi.

Elle m'a offert des chaussures importables, beaucoup trop grandes, à talons dangereux. Je ne reconnaissais plus mes pas sur le gravier. Et comme elle, je me suis mise à boiter. Mais je trouvais toujours mille arguments pour excuser ses caprices et même pour lui être reconnaissante de ce cadeau. En m'obligeant à porter de telles chaussures, elle tentait sans doute de me façonner. Elle voulait absolument que je lui plaise et elle y travaillait. Mais j'ai bien vu que ma démarche instable et ridicule la faisait rire. En quelque sorte j'étais payée pour ça.

Sarah avait plusieurs centaines de paires de chaussures, qu'elle remplaçait à qui mieux mieux. Les chaussures, on leur donne à goûter la peau la plus fine de notre corps, et puis on les jette, après les avoir roulées dans la boue. Les chaussures sont vides la plupart du temps, c'est pourquoi elles ouvrent la gueule béante de leur sourire affaissé. Mais au moins je sentais que Sarah me regardait. Son regard sur mes mollets me brûlait, et pas seulement de honte. Puis elle a éclaté de rire :

— Va m'enlever ça, tu es ridicule, tu t'es vue ?

À la rentrée, elle ne pouvait plus exécuter que de tout petits pas sur scène, des pas minuscules, marchant de meuble en meuble, d'accoudoir de fauteuil en bord de commode, essayant vainement d'inventer par cette boiterie une originalité supplémentaire. Avant le lever de rideau elle priait, j'espère que ça va passer, j'espère que ce ne sera rien, mais elle avait déjà l'impression qu'un animal était en train de lui ronger les tendons. À tout instant elle s'appuyait sur le bras de son partenaire. Et si les spectateurs n'ont pas manifesté à ce moment-là c'est que la douleur lui faisait jouer ses rôles à la perfection. Elle avait quelque chose en plus. À tout instant elle devait reprendre son souffle, elle comprimait ses battements de cœur, elle pensait au théâtre, uniquement au théâtre, pour ne pas se laisser emmurer dans l'enfer de son genou. En pensant à chacun de ses gestes, constamment, à la prononciation de chaque consonne, elle était obligée d'aller puiser plus loin en elle que n'importe quelle autre comédienne et le public en restait bouche bée.

Je me souviens qu'il lui suffisait d'entrer en scène pour que les élancements se calment. Son visage était bouleversé mais elle bondissait sur le plateau, le front plissé par la volonté de ne plus souffrir, et elle avait des gestes nouveaux et terribles pour rejeter cette douleur loin d'elle.

Le public la comprenait, je ne sais pas comment. Les gens se mettaient à trépigner d'enthousiasme. Parfois elle ne disait pas sa scène, elle la hurlait. Mais à la porte de sa loge, elle retrouvait ses tortures qui l'avaient attendue avec patience. Qui se jetaient sur elle si violemment qu'elle s'évanouissait. Et quand je posais des comprimés d'aspirine à côté de son verre, je savais qu'ils n'auraient pas le moindre effet.

Un jour Sarah m'a demandé si elle jouait mieux depuis qu'elle souffrait, j'ai dit oui, en effet, que c'était d'ailleurs l'avis général. Depuis qu'elle se tenait de toutes ses forces à la vie, par les dents, par la langue, par ses gestes de comédienne, depuis qu'elle avait appris à situer la fin du monde, ce trou de vase et de boue qui l'attirait vers le fond, elle était plus proche de nous qui venions l'applaudir, nous les blessés, les éternels fragiles.

J'étais devenue moi-même une bien meilleure spectatrice. Je ne respirais plus et je serrais les dents, moi aussi, pour aider Sarah à évacuer les déchets de la douleur en elle, pour tenir jusqu'à la fin de l'acte. Et elle jouait quand même, au même rythme qu'avant et avec encore plus d'intensité, tout cela sans une minute de paix, sans repos puisqu'elle devait lutter contre la tentation de s'asseoir pendant l'entracte, de crainte de ne plus pouvoir se relever.

Je me souviens d'une petite ombrelle qu'elle avait cassée à force de s'appuyer dessus pour pouvoir marcher jusqu'à la scène. Je ne connais rien de plus triste que cette petite ombrelle cassée.

Sarah était le jour, une lumière bien partie pour être éternelle. Jusqu'à ce que la nuit la rattrape, une nuit de cercle polaire. Implacable et immensément longue. Une nuit entrée en elle par un genou. D'abord un point de nuit dans le genou.

Le pire, c'était avec Lou. Comme elle avait très mal, tout l'excédait. Sarah ne supportait plus personne, elle n'avait plus aucune indulgence. Ce petit imbécile de Lou, avec son accent, elle était furieuse qu'il ne puisse pas être maître absolu de sa mâchoire. D'ailleurs le public peaufinait ses méthodes pour lui faire comprendre qu'il était vraiment très mauvais. À la fin de la pièce, quand Sarah venait saluer avec Lou, personne n'applaudissait. Mais quand elle réapparaissait seule, alors le public l'acclamait.

Sarah se mit en devoir de faire travailler Lou. Préciser la diction, élargir le souffle.

Elle lui faisait faire des bulles dans une tasse avec une paille. Il se trouvait ridicule et surtout il ne voyait pas la nécessité d'un tel exercice de plongeur.

— Tais-toi, laisse lentement échapper l'air… Recommence !

— C'est idiot ! À quoi ça sert ?

Sarah s'est levée, d'une violente secousse qui a ébranlé Lou assis près d'elle.

Décidément il n'a rien compris. Elle lui a offert le secret de sa voix d'or et l'imbécile se demande à quoi ça rime. Car la voix de Sarah Bernhardt, ce fameux murmure de source, est aussi une cascade de bulles d'air ininterrompues dans une tasse de porcelaine.

Elle partait du principe qu'il faut emmagasiner suffisamment d'air pour prononcer quatre vers, elle avait même compté que cela représente environ vingt-six mots.

— Mais c'est énorme, avait commenté Lou.

— Écoute-moi, tu vas comprendre !

Dans *Phèdre*, Sarah pouvait dire quatre alexandrins sans respirer, tout en les modulant :

Hélas ! ils se voyaient avec pleine licence
Le ciel de leurs soupirs approuvait l'innocence ;
Ils suivaient sans remords leur penchant amoureux ;
Tous les jours se levaient clairs et sereins pour eux.

Ça n'a l'air de rien mais pour dire cela sans respirer il faut travailler son diaphragme et ses abdominaux avec une plaque de cheminée sur le ventre chaque matin.

— Allez, Lou, soulève-moi ça, voilà, très bien. Et maintenant dis tes vers lentement, le plus lentement possible. Muscle ton ventre !

Peine perdue. En près d'une année, Sarah avait fait jouer à Lou des rôles immenses, et pas un seul ne l'avait imposé. Alors, comme elle avait besoin d'argent, elle est retournée aux États-Unis, c'était en 1912, Lou et moi dans ses malles.

La plus affreuse tournée de sa carrière. Le train roulait. Lou fumait. Vêtue de son manteau de chinchilla, une couverture sur les genoux, les coudes sur la table, le menton appuyé sur une main, Sarah réfléchissait à de nouvelles mises en scène. Elle pouvait marcher, mais avec la jambe raide. Le genou refusait de plier. Le médecin a proposé d'en parler à l'imprésario et de faire une annonce au public : *La tournée de Madame Sarah Bernhardt est interrompue.*

Sarah voyait surtout le manque à gagner.

— Non, non, ça ira, je n'ai pas mal.

Des gouttes de sueur perlaient sur son front mais elle persistait :

— Non, je n'ai pas mal, je jouerai quand même. Un genou est fait pour plier, il doit plier, c'est à lui de plier, moi je ne céderai pas.

Elle répétait cela avec satisfaction.

Soutenue par deux acteurs elle marchait jusqu'à la scène. Puis ils la lâchaient. Et elle jouait admirablement, comme en équilibre, jusqu'à la dernière syllabe, jusqu'au point final.

Lou se comportait toujours en gigolo compréhensif. Il adorait les applaudissements que déchaînait Sarah. À chaque fois il en avait les larmes aux yeux. Et je suis bien obligée d'admettre qu'il jouait à merveille le rôle du chevalier servant. Il courait chercher un fauteuil pour Sarah dans les coulisses, après le baisser de rideau. Elle s'écroulait dans ce fauteuil tandis que les mains douces et moites de Lou lui massaient le cou. Ils restaient là, invisibles, à écouter les applaudissements du public qui semblaient ne jamais devoir s'arrêter.

À la fin de cette tournée, Sarah avait tellement mal qu'elle avait fait réécrire la fin de *Tosca*. Elle ne se jetait plus du haut du château Saint-Ange sur une pile de matelas que les machinistes disposaient dans les coulisses mais se faisait poignarder debout par l'un des sbires de Scarpia.

Enfin, à la dernière étape de notre périple, Lou a enlacé Sarah.

— Je vais te rendre très malheureuse, a-t-il murmuré.

Il lui a annoncé qu'il ne rentrerait pas à Paris. Il voulait devenir un comédien américain.

En d'autres termes, Lou, on le pense bien, n'allait pas rester avec une éclopée.

Sarah a bondi hors de ses bras.

— Lâche-moi, tu me fais mal !

Lou a tenté de la garder contre lui, il a pétri son épaule qui se débattait, son cou crispé, et il a bégayé :

— Pardon, pardon, je ne veux pas te faire de mal, je ne le veux pas.

Elle s'est mise à trembler, ses oreilles se sont remplies de glace et elle est tombée d'un bloc.

Les pas affolés de Lou près de sa tête. Son parfum de vétiver.

— Sarah, tu m'entends ?

Lou l'a appelée, il a hurlé.

— Mais qu'est-ce qui t'arrive ?

Lou a pleuré. Lou n'a pensé qu'à lui. Enfin il s'est baissé, il a pris Sarah dans ses bras, a donné un grand coup de reins pour l'amener contre sa poitrine et l'a déposée sur le divan.

— Réveille-toi, je t'en supplie !

— Va-t'en, a murmuré Sarah sans rouvrir les yeux.

Lou a quitté la troupe. Il n'est pas rentré avec nous. En quelques semaines c'était bouclé. Pickford et Fairbanks, c'est-à-dire Hollywood, venaient de lui mettre le grappin dessus. C'est ainsi qu'il gagnerait sa vie, comme il l'avait toujours rêvé, entretenu par des princesses, pour des sinécures.

12

J'ai décroché le téléphone, il était temps d'appeler au secours son Docteur Dieu. Et Samuel s'est penché sur le genou de Sarah.

Au début de l'été 1914 il a préconisé de faire poser un plâtre, d'abord pour l'empêcher de jouer et donc enfin l'obliger à se reposer – depuis quand n'as-tu pas pris de vraies vacances, Sarah ? –, ensuite parce qu'il pensait qu'une immobilisation prolongée permettrait à l'articulation du genou de se souder tout à fait. Ainsi la jambe serait raide, naturellement raide, mais au moins, pensait-il, la douleur allait disparaître. Pour cela il faudrait garder ce plâtre six mois au moins.

À ce stade, Samuel pensait encore que Sarah souffrait d'arthrose, que cela était dû à sa chute sur le bateau.

— Une raideur définitive, mais salvatrice, je te le promets, rassura-t-il.

Quelques semaines avant le début de la guerre on coula donc cette prison de plâtre pour Sarah.

La France rappelait ses réservistes. Sarah restait assise, le pied sur un coussin, et dès qu'elle essayait de se lever, sa jambe de pierre devenait terriblement douloureuse. Mais elle ne disait rien. Elle serrait les dents. Le théâtre lui manquait et elle en voulait à Samuel parce que le théâtre est encore ce qu'il y a de mieux contre la douleur.

L'Allemagne en a profité pour déclarer la guerre à la France. Un mois plus tard la cavalerie allemande était dans la forêt de Compiègne.

Toujours privée de scène, Sarah lisait les journaux. Il y était question de plaies grouillant de vers, de jambes vertes de gangrène et de tétanos. Il y était question d'infirmières de la Croix-Rouge, de médecins exténués, de bandages pourris qui ne servaient plus à rien. C'était du grand spectacle, c'était l'Odéon autrefois, pendant l'autre guerre. Je sentais qu'elle aurait voulu participer à cette bataille, d'une manière ou d'une autre, applaudir et trépigner pour soutenir ces milliers d'acteurs.

— Susan, je meurs d'ennui, je ne connaissais pas l'ennui, même à mon âge, tu vois, j'apprends encore quelque chose de nouveau.

Les jours lui pesaient. Nous avions quitté Paris pour Andernos-les-Bains, au fond de la baie d'Arcachon. Sarah trouvait la villa trop petite mais de son lit elle voyait la route et cela la distrayait. Elle faisait un peu de peinture, elle lisait, elle avait décidé de commencer un autre roman.

Quand nous avons appris que la cathédrale de Reims avait été bombardée, Sarah s'est écroulée en pleurs. Nous étions en train de déjeuner, il y avait avec nous des comédiens anarchistes, que Sarah jusque-là avait adorés. Ils ont ironisé :

— La cathédrale, mais c'est un truc de royalistes, tant pis pour eux !

Sarah leur a jeté sa fourchette au visage. Ils ont continué de ricaner. Du reste ils riaient de tout, même de ces petites bombes que les Taube lançaient sur Saint-Denis, sur Aubervilliers. Qu'elles tombent sur Notre-Dame les a réjouis. Et quand on a appris que ces engins défonçaient aussi la place de la République, ils riaient toujours.

Sarah avait de plus en plus mal. Terriblement mal. Elle le gardait pour elle. Il fallait le deviner, à sa pâleur, à sa rapide maigreur. À son souffle court. En quelques jours les hôpitaux se sont remplis. C'est pour cela que Sarah n'a pas osé se plaindre. Il y avait déjà tellement de mutilés. Les balles, les baïonnettes et les éclats d'obus avaient tous leur langage distinct et créaient des sculptures de chair bien différentes en profondeur et en gravité. Il fallait pratiquer des amputations en urgence, sous des tentes de fortune, presque en plein champ de bataille. C'est ainsi que ça lui est passé par la tête. Toute la guerre était dans son genou, et les souffrances de tous ces gars. Elle savait aussi que Samuel avait lâché ses cours de gynécologie pour endosser l'uniforme. Il réduisait des fractures à l'hôpital militaire. Elle avait tellement mal qu'elle eut envie de s'en remettre à lui, tout entière, comme avant, quand ils étaient amants. Et même si je suis mal placée pour savoir ce qu'est l'amour, je crois l'avoir compris quand elle a écrit à Samuel pour le supplier de pratiquer sur elle une amputation. Sans doute qu'il l'a compris lui aussi à ce moment-là.

Sam, mon ami, je ne veux pas rester impotente, assise sur une chaise comme je le suis depuis des mois. Je vois bien que ma jambe ne guérira jamais, je ne suis plus assez jeune pour cela. Ne t'inquiète pas, je suis calme, je suis joyeuse, mais je veux vivre encore ce que j'ai à vivre, ou alors mourir tout de suite. En ce moment tu coupes des jambes à des pauvres gosses de vingt ans, alors tu ne pourras pas me refuser ce service, à moi qui en ai plus de soixante-dix. J'ai peut-être encore dix ou quinze ans à vivre. Pourquoi me condamner à souffrir ? De toute façon, même avec ce plâtre je suis infirme et je ne peux pas jouer. En plus, horreur, je souffre.

Mon ami adoré, s'il te plaît, coupe-moi cette jambe, que je sois libérée dans un mois et que je puisse enfin remonter sur scène.

Écoute-moi bien, Sam, si tu refuses je me flanquerai une balle dans le genou et alors, cette jambe, il faudra bien me la couper.

Elle ne pouvait plus marcher du tout, même pas jusqu'à la boîte aux lettres. Elle passait la journée sur une chaise longue à caresser son genou. Penchée sur lui, elle chuchotait :

— Tu me fais horreur, il faut qu'on se sépare très vite, toi et moi.

Elle aurait voulu voir déjà sa rotule posée sur une étagère à côté des colliers qu'elle avait rapportés d'Australie. Elle m'a dit gravement :

— Susan, quand un tigre se prend la patte dans un piège, il ne se laisse pas mourir. Tu sais ce qu'il fait ? Il ronge sa patte, il la dévore jusqu'à ce qu'il soit de nouveau libre. Un tigre est capable de se ronger jusqu'à l'os pour se libérer.

Sur ce, Sarah a réuni une sorte de conseil de famille. Il y avait bien sûr Maurice et Mado, très inquiets. Elle leur a annoncé sur un ton léger qu'elle avait décidé de se faire couper la jambe, comme si ce genou n'était qu'un diadème qui la serrait un peu trop, qui lui faisait une trace rouge quand elle sortait de scène, comme si elle avait voulu tout bonnement se débarrasser d'un colis trop lourd.

Maurice a bondi. Il n'était pas d'accord pour une solution aussi draconienne.

— Maman, tu es folle, je te l'interdis !

— Je ne veux plus souffrir, Maurice. Tu oublies que ça dure depuis des années, dit Sarah d'une voix douce.

— Ce n'est pas possible, réfléchis un peu.

— Alors protège-moi contre la douleur.

— Je te l'interdis, tu m'entends !

Samuel a refusé d'opérer lui-même son amie. Mais il a écrit et téléphoné un peu partout. Un chirurgien-major de l'hôpital de Bordeaux était disponible et Samuel s'est longuement entretenu avec lui.

— Elle a soixante et onze ans, un état général assez médiocre… et tu sais bien les sentiments que j'éprouve…

À Bordeaux le chirurgien a découpé le plâtre de Sarah, il sortait de là-dessous une odeur infecte. Le moindre mouvement arrachait des cris. Cet homme a été le premier à poser le diagnostic de tuberculose osseuse.

On a fait une radiographie du genou, on a développé la plaque. La radiographie montrait le fémur, le tibia et la rotule, tous troués comme une gaze déchirée.

— Il doit y avoir du bacille de Koch un peu partout. Madame, il va falloir vous reposer.

Sarah s'est tassée sur sa chaise. Quelques larmes abrégées d'un coup de tête.

— Qu'on m'enlève ça.

13

On l'a opérée le 22 février 1915. J'étais là, avec Maurice et Mado. Il y avait également Rostand. Les journaux ont déclaré que Sarah chantait *La Marseillaise* pour se donner du courage. Moi je ne l'ai pas entendue. Mais je sais qu'elle se soutenait en pensant aux soldats. Elle en était même fière, de sa guerre à elle, comme elle disait.

Ce matin-là, elle portait un peignoir de satin blanc, et des voiles de crêpe de Chine rose. On lui a fait respirer du chloroforme. Sarah a crié. Une minute après, elle dormait. Une lampe à alcool vaporisait dans l'air des gouttelettes de phénol. Et cette odeur de phénol imprégnait jusqu'au couloir où nous attendions.

Le chirurgien a posé un garrot, il a fait la première incision à mi-cuisse pour empêcher l'infection du genou de monter jusqu'aux organes vitaux, puis il a pris une scie et il a entamé le fémur. C'était bien une tuberculose osseuse. L'os était carié, mou, les lésions effroyables. Ensuite il a fabriqué une sorte d'élégant paquet de peau et de muscles, il a rapproché les bords de la plaie, il a planté son aiguille et il a recousu ce moignon.

Pour un chirurgien de l'armée, en pleine guerre, c'était la routine. Sarah a perdu très peu de sang, il n'y a pas eu de complications. Quelques heures plus tard on l'a ramenée dans sa chambre, enveloppée de son peignoir et de sa peau de mouton doublée de satin.

— Restez avec moi, restez encore un peu, a-t-elle murmuré au jeune médecin qui lui faisait une piqûre.

Il a passé la nuit près d'elle, dans sa chambre encombrée comme une chapelle, envahie de bouquets d'orchidées et de roses, tapissée de portraits de Maurice, avec un petit buste de lui sur l'appui de la fenêtre, un marbre qu'elle avait sculpté elle-même durant des vacances à Belle-Île.

Toutes les deux heures le médecin lui faisait de la morphine et elle se rendormait. Au matin, quand il est parti, Sarah s'est jetée par terre, précipitée à bas de son lit comme on se suicide par une fenêtre. Ou comme on essaie, sans succès, de s'envoler.

Nous avons eu le droit de lui rendre visite le lendemain soir. Elle a ouvert les yeux, ses lèvres étaient blanches et ses paupières des membranes molles. J'ai pensé que cette fois elle ne s'en remettrait pas. Dans son étroit lit de fer, elle a essayé de nous sourire. L'oreiller disparaissait sous sa chevelure, elle était pâle, mais ça ne l'a jamais empêchée de sourire.

— Je n'ai pas mal. Je n'ai pas eu une minute de fièvre. Juste le chloroforme qui m'a donné des nausées, mais c'est tout.

Quinze jours plus tard Sarah prenait l'air sur le balcon, appuyée à nos bras, et bavardait avec les infirmiers. Et quelque temps après, emmitouflée dans ses fourrures, elle est entrée en convalescence.

La plaie a mis longtemps à cicatriser. Sarah se regardait sous les couvertures et les rabattait d'un coup, en rougissant. Elle se découvrait lentement. Et je ne sais rien de cette période-là. En tout cas je n'ai plus jamais vu ses cuisses nues.

Je me souviens parfaitement de ce printemps à Andernos-les-Bains, des visites de Samuel et de Rostand, et même de Gabriele d'Annunzio, qu'elle faisait frémir de terreur.

— Gabriele, avez-vous déjà vu une scie, pas pour mettre du bois dans la cheminée, mais une scie pour couper les os ?

Je me souviens de l'officine où elle faisait faire ses crèmes de beauté, je me souviens des huîtres, de l'océan, du chemin de Compostelle qui passe par l'église où Sarah, dans sa chaise à porteurs, rêvait d'un miracle. Elle essayait de sentir ce qui se passe là-dedans, sous l'épais pansement, au fond des vaisseaux qui se recollent, au bout des nerfs qui se ressoudent. Elle croyait alors sentir sa jambe repousser, et parfois elle éprouvait le besoin de s'en assurer, avec la main.

— Docteur, que pensez-vous du prodige des lézards, vous savez quand leur queue se casse, crac, et qu'elle bourgeonne quelques semaines plus tard. Pourquoi cela ne nous arriverait-il pas, à nous aussi ?

Le médecin riait.

— Mais vous devriez prendre cela très au sérieux… Je sais que c'est possible. À vingt ans je crachais du sang. À la fin de la guerre de 1870, quand Napoléon III a remis son épée au roi de Prusse, je crachais encore du sang. Et un beau jour, juste après la guerre, ça a été fini, comme une guérison miraculeuse.

— Personne n'est jamais à l'abri d'un miracle, a commenté le médecin en hochant la tête.

Je regardais sa grande ombre sur le mur tandis qu'il prenait le pouls de Sarah. Il était puissant et musclé, du genre à terrasser la maladie à la force du poignet, mais il n'écoutait pas la vieille dame qui se tendait tout entière vers lui, brûlant que se réalise un rêve ou un coup de chance.

— Êtes-vous déjà allé en Amérique, docteur ? Là-bas j'ai rencontré un chirurgien qui m'a fait rajeunir instantanément. Voilà un miracle. Quand cela se fait en un instant, c'est toujours un miracle. Alors que vieillir c'est long… Les plis de nos visages ne se font pas en un seul jour…

L'ours a brusquement mis fin à la conversation.

— Ne soyez pas trop pressée, madame. Qui est vite guéri est mal guéri. Prenez votre temps !

Puis il a décrété que tout allait bien, mais qu'il ne fallait surtout pas trop manger.

— Ça ne risque rien, je crois n'avoir jamais mangé de ma vie, et puis je ne veux pas ressembler à ma mère, a dit Sarah. Ma mère était boulotte, avec un visage extraordinaire et de grands yeux bleus.

Il s'est détourné. D'autres patients à voir. Quand il s'est levé du lit, sa blouse empesée a émis un bruissement comique, de bête qui se frotte. Sarah l'a salué, elle a construit précipitamment un sourire sur son visage, mais ses yeux se sont remplis de larmes et tandis qu'il tirait la porte, elle s'est tournée vers moi :

— Ma mère, elle m'a longtemps manqué. J'aurais tellement voulu qu'elle m'aime.

Elle a ramené son étole sur ses épaules et commencé à l'arranger, à l'ajuster avec désinvolture et une élégance que j'admirais comme si elle avait été en train de sculpter cette étoffe dans une veine de pierre.

— Ma mère, elle avait des mots aussi beaux qu'une poupée…

Qu'on ne me parle pas de cette cocotte qui s'était enrichie dans le Paris du Second Empire, en fricotant avec le duc de Morny et consorts. Elle était un peu maquerelle. Avec un sourire de chasseresse ou de rabatteuse, elle poussait les hommes riches vers ses gamines. À une époque elle les avait plutôt bien vendues, Sarah et sa sœur Jeanne. Elles avaient vite appris tout cela, l'alcool élégant, le coup d'œil d'un vieux sous la jupe en échange de bon argent. Des désagréments mineurs, pensait la chasseresse, en lisant le dégoût dans les yeux de ses filles, il faut bien en passer par là pour pouvoir apprendre, un peu plus tard, à tenir les hommes à bonne distance.

Quand on a définitivement retiré le pansement, quand il a enfin été évident pour Sarah que sa jambe ne repousserait pas, elle a éclaté en sanglots.

Mado passait du temps avec sa grand-mère. À travers l'édredon, elle enveloppait de plaids et de coussins son étrange silhouette, elle la bordait comme un bébé. Elle lui donnait beaucoup de douceur. Parfois elle s'amusait à lui façonner une nouvelle jambe en pétrissant les plumes de l'édredon.

— Je te raccommode, disait-elle à Sarah.

Les épaules rejetées en arrière, Sarah buvait ses paroles avec le sentiment d'être peu à peu lavée.

Mado avait quelque chose de très pur. J'aimais ses manières délicates. Chacun de ses mots me donnait l'occasion de penser à ce que l'amour devrait être et je crois qu'elle savait d'instinct, ou plutôt de cœur, apaiser l'ignoble blessure.

Moi je me contentais de prendre la main de Sarah. Comme si sa main était tout son corps. Comme si en touchant sa main j'allais pouvoir lui réapprendre à marcher. Du bout de mes doigts sur son poignet je dessinais les méandres d'un pèlerinage. Sous le couvre-lit se dessinait toujours son corps de jeune homme de dix-neuf ans, son corps de duc de Reichstadt et de Lorenzaccio. Elle avait toujours cette gracilité, le bassin étroit, la cuisse fuselée, jusqu'à l'endroit de l'à-pic, le lieu de l'absence.

La nouvelle silhouette qu'elle se découvrait était immense, difficile à reconnaître tant elle était changée. Des reliefs supplémentaires, des reflets différents, des formes méconnaissables. Cela prendrait un temps fou de parcourir toutes ces nouveautés. N'être que la moitié de soi-même semble signifier qu'on a été simplifié, alors que c'est l'inverse, absolument. Les vêtements ne vont plus. Les chaussures sont toutes dépareillées. Sa garde-robe devenait un terrain de chasse, une énigme, un défi. Elle était une enfant qui a rapetissé subitement, en un seul jour. Mais son pied unique avait tellement enflé qu'il n'entrait plus dans la bottine.

— La maladie est comme Drumont, elle veut se faire la youpine mais elle ne m'aura pas. Je ne pourrai jamais avoir honte d'être Sarah Bernhardt. Est-ce que je te dégoûte, Susan ?

Non, bien sûr. Ce qui m'effraie en elle et qui m'éloigne c'est sa dureté à mon égard, sa sécheresse, mais pas la maladie ni ce moignon informe qui se dresse quand elle ne s'y attend pas. Si léger qu'elle doit s'exercer à le faire bouger très lentement.

— Moi qui ai tant voulu être une bête, c'est fait. Je sens que je suis une bête. Tu ne vas pas me croire, Susan, mais ce n'est pas désagréable. La nuit, je sens mes sourcils remonter et mon nez se froncer. Quand j'ai peur je me change en louve.

Elle passait du temps à caresser son autre jambe, celle qui était restée complète mais parfois insensible comme une chose et en même temps douloureuse, froide et en même temps enflammée, un poids terriblement pesant et en même temps rien, rien à côté de l'absence qu'elle n'arrivait pas encore à concevoir.

Elle avait peur de sentir mauvais, elle imaginait des choses terribles qui se passaient au dedans d'elle et dont elle aurait bientôt le goût dans la bouche. Et un beau jour elle n'en a plus parlé. J'ai compris qu'elle était sauvée. Je l'ai lu sur son visage. Ou bien c'est moi qui m'étais habituée. Un jour j'ai vu qu'elle pensait de nouveau. Que ses yeux et son front pensaient à quelque chose. Elle avait fini de n'être qu'une éponge à peur. Elle pensait de nouveau hors d'elle. Et ce serait une nouvelle Sarah.

Je me suis mise à l'espérer. Peut-être qu'elle m'avait maltraitée à cause de la douleur. Et qu'à présent elle m'aimerait.

Un soir, dans le jardin d'Andernos-les-Bains où l'on entendait à la fois les crapauds et les rossignols, Sarah a posé la main sur mon bras puis elle s'est agrippée à mon poignet qu'elle a encerclé dans l'arceau de ses doigts.

— Tu vois, Susan, j'ai eu trop de chance dans ma vie. Il faut bien la payer, sa chance, un jour ou l'autre. Bien fait pour moi.

— Non, voyons, Sarah, je crois que cela n'a aucun rapport…

Elle a pris une voix basse, un peu chantante, très étrange, qui arquait ses lèvres :

— Tu ressembles à ma petite sœur, Régina, elle avait comme toi de grands yeux gris, très fuyants…

J'ai laissé cette voix me caresser. Elle était presque inaudible parce qu'elle se fondait aussitôt en jouissances, elle remontait le long de mes cheveux jusqu'aux tempes, pour me masser doucement, avec tendresse. Je l'écoutais avec une telle intensité que j'ai réprimé un gémissement et je me suis détournée en cachant mon visage. C'est le bravo qu'elle attendait. Elle s'est redressée sur un coude, elle a murmuré :

— Susan, reste avec moi ce soir, je veux te savoir à portée de voix.

14

Une partie du wagon spécial de Sarah est aménagée en cabinet de toilette, avec une table de marbre et un miroir surchargé de flacons et de boîtes à poudre. Elle a commencé à écrire quelques pages sur sa manière de se maquiller, une commande pour un grand éditeur. Elle se farde de rouge l'intérieur des narines, elle met du rouge au coin des yeux pour les intensifier, leur donner de la morgue et du tranchant, et puis elle fait monter très haut le rouge des joues. Parfois elle efface complètement sa bouche puis elle la redessine. Parfois aussi elle s'agrandit les yeux, avec du bleu. Mais tout le reste doit être blanc. Absolument blanc. Avec beaucoup de poudre de riz, comme au théâtre japonais. Elle aime le blanc, il lui en faut partout, le blanc est la vraie beauté. Du reste sa pâleur naturelle est légendaire. Elle avait joué Pierrot, dans un costume d'une pureté absolue. Je crois qu'elle s'était aimée en Pierrot, comme couverte d'un satin de neige, comme lorsqu'un jour à Londres Oscar Wilde avait fait répandre des lis sur son passage. Comme enveloppée de papillons. Seuls les papillons blancs sont vraiment légers.

Elle écrase son éponge à blanc, elle triture sa brosse à sourcils. Elle a les yeux dans le vague. Elle abandonne ce traité de maquillage à peine ébauché. Elle s'ennuie, elle s'occupe beaucoup du café, elle aime le café, le sentir, le boire, le préparer. Elle dose le café moulu comme une alchimiste. Puis elle s'effondre sur son lit avec les journaux, pelotonnée dans l'édredon de plumes brodé à ses initiales, effroyablement impuissante.

Les zeppelins jettent des bombes sur Paris. Des rues éventrées, des bombes boulevard de Belleville et rue de Ménilmontant, et encore des morts, des morts, entre les moellons calcinés, sous les maisons en ruines. Épernay bombardé presque tous les jours parce qu'on y amène le gros des soldats blessés.

— Cette manie de prendre les hôpitaux pour cibles. Si j'avais mes deux jambes, j'irais, et même sans armes, je prendrais simplement une pelle, bien affûtée des deux côtés, et j'irais…

Sarah porte deux ou trois bagues par doigt comme si elles pouvaient lui tenir chaud. Puis elle engouffre ses ongles bleus dans ses manches. Elle a froid, elle a toujours froid.

— L'Amérique est pourrie de froid, dit-elle avec une moue crispée.

Elle joue n'importe quoi, n'importe où. Elle joue pour se réchauffer. Ici, on ne fait pas du théâtre mais du cirque. On joue sous chapiteau démontable. La location d'un théâtre, ça revient cher, aussi l'imprésario préfère-t-il garder son argent, d'accord sur ce plan avec Sarah que ses détracteurs parisiens ont surnommée Sarah Barnum. Leurs sarcasmes, elle s'en fiche, ce sont de pitoyables grimaces, des singeries de mômes essayant de déranger les grandes personnes qui ont tant à faire. Car ce genre de tente peut loger plus de quatre mille spectateurs, on y fait encore plus d'argent que dans un vrai théâtre à chichis et dorures.

La foule se presse devant Sarah et les pickpockets font eux aussi des affaires.

A-t-elle pressenti que cette tournée-là serait la dernière ? En tout cas elle joue comme jamais. Dans chaque ville les journaux racontent comment cette comédienne décatie se transfigure à la minute même où elle joue. On voit arriver une vieille dame irascible, très handicapée, et aussitôt qu'on a frappé les trois coups, elle se métamorphose en un personnage nouveau et vibrant, elle devient bien plus grande, autoritaire, comme si elle s'était trompée de corps, comme si, par distraction, elle était entrée un instant dans celui d'avant, ce corps qui faisait du cheval au bois de Boulogne et du tennis à Belle-Île. Les spectateurs médusés ignorent qu'un médecin, dans la coulisse, lui a fait respirer des vapeurs qui la galvanisent.

Voici Cléopâtre. Dès le lever de rideau quelque chose vient de la mélodie de cette voix qui parle français, à laquelle on ne comprend rien, mais qu'on boit, tout comme on se laisse aller dans les mains ouvertes de Sarah. Sa voix est une danse liquide qui éveille des échos très longs, très intenses, jusqu'au fond des ventres.

Elle a une méthode tellement singulière, tellement à elle. Elle semble ivre de parler. Elle parle et tout à coup elle déchire la monotonie de sa phrase avec une note incroyable, une seule, déchirante, une secousse violente, un saut dans le vide. Et elle attend, elle guette le sursaut de son public. Ça ne manque jamais. Quand tout à coup elle a dressé dans l'air son hurlement, on applaudit. Et quand Antoine entre sur la scène, voilà qu'elle se lève sans effort apparent, toute seule, bien droite, belle. À peine si l'on s'aperçoit que ce sont ses bras musclés, fermement posés sur les accoudoirs du trône, qui la propulsent.

Puis, comme stipulé dans son contrat, elle meurt au dernier acte. Elle meurt empoisonnée, ou d'un coup de dague ou tuée par un jaloux ou suicidée ou flétrie par le temps ou brûlée de chagrin, et chaque soir tout le monde pleure. Une grande actrice pour les Américains c'est celle qui vous fait pleurer. Ils n'en demandent pas plus. Elle sait parfaitement devenir livide et se figer tout en laissant trembler ses doigts. Cela, elle l'a répété, recommencé. Elle sait parfaitement décolorer ses lèvres et ravager son visage, sur commande. Aussitôt tout le monde sanglote.

À Chicago, dix-sept rappels. Et ce jeune homme armé d'une paire de ciseaux pour lui couper une mèche de cheveux, qui n'a réussi qu'à dérober l'aigrette de son chapeau. Tant pis, un trophée quand même. Et des corbeilles de fleurs gigantesques, à proportion de ce qui se fait là-bas, c'est-à-dire de la taille d'un cheval, de la taille d'une voiture, d'un pont, d'un estuaire. L'Illinois assure une recette en centaines de milliers de dollars. Les billets comme les fleurs, une marée.

Mais ensuite, dans les coulisses, Cléopâtre s'effondre dans les bras d'Antoine. Toute sa force est retombée. Après le dernier rappel, il doit la porter sur un lit de camp où elle va rester plusieurs heures, gisant, non pas endormie mais inerte et naufragée, soufflant, hors d'haleine, les yeux écarquillés de stupéfaction devant la réalité de la fatigue. Il en faut, de l'énergie, pour changer les gens en argent. Et chaque soir Cléopâtre épuisée chuchote :

— Je tiens parce que je rentrerai au Havre, dans quelques mois, avec deux millions de francs-or dans mes bagages.

Maurice a envoyé un câble. Il a besoin d'argent. Comme son imprésario ne veut plus lui octroyer d'avance, Sarah me demande de lui apporter son coffret à bijoux pour contempler une dernière fois le diadème orné d'un rubis véritable et la broche en forme de poignard dans une gaine de saphirs. S'en défaire ne semble pas un crève-cœur. Elle est même prise d'un bâillement qui signifie sans doute : *Peu importe, un beau jour je les remplacerai.*

— Susan, à la prochaine étape tu iras les vendre.

— Vous êtes sûre qu'ils ne vous manqueront pas ?

— Les bijoux, ça se trouve sous le pas d'un cheval !

On ne peut pas dire que je prends une expression étonnée. Bien sûr qu'elle les oubliera en deux heures. Comme autrefois son bel appartement rue Auber. Tout avait brûlé. Les perles fondues, les meubles réduits en cendres. On était en pleine Commune et Sarah beuglait *La Marseillaise* tous les soirs, sans le moindre regret.

Je joue avec le minuscule poignard que je fais tourner entre mes doigts. Sarah me décoche une espèce de sourire narquois.

— Pourquoi ne pas dire tout haut ce que tu penses de mon fils ?

Le vacarme du train me dispense de répondre. La vapeur s'est mise à hurler, peut-être à cause du vent insensé que le large poitrail de la locomotive doit affronter depuis des jours.

— J'ai quelque chose de bien plus efficace que ce ridicule poignard, dit-elle.

Elle montre le colt dans sa table de chevet :

— Et il est chargé !

— Oh, je n'en doute pas.

— Si Maurice était là, il sortirait d'une boîte capitonnée une paire de pistolets infaillibles et je pourrais dormir tranquille, sans avoir l'impression que tous les desperados sont à mes trousses pour me subtiliser la recette du mois... Tu as déjà vu Maurice faire tourner son colt autour de son index ?

— C'est un virtuose.

— Capable de percer une pièce de monnaie ou de mettre cinq balles d'affilée dans un as de cœur, en tout cas si on lui donne le droit d'utiliser un colt et non ces pistolets français qui sont désaccordés comme des pianos de cabaret... Si tu savais comme j'ai eu peur chaque fois qu'il s'est battu. Je demandais à la femme de chambre de repasser sa chemise en empesant doublement le plastron, le col et les poignets. Je m'imaginais que cette légère cuirasse protégerait sa poitrine et son cou !

Maurice avait été fou de duels. Quand un journaliste osait écharper sa mère, il le provoquait. Épée ou pistolet, au choix, de toute façon il était expert dans toutes les armes, et même la boxe.

— Défais-toi de cette détestable habitude de remettre l'honneur de ta mère au jugement de Dieu, grommelait Sarah, qui avait perdu autrefois un jeune amant, d'une balle tirée par le directeur du Théâtre des Variétés, il avait eu le tort de l'épingler dans son journal.

— Ton honneur repose plutôt dans un millier d'heures d'entraînement, rétorquait Maurice en démontrant l'élasticité de ses doigts sur une invisible gâchette.

Entre le prix des pistolets, des voitures pour aller sur le champ de bataille, la location de la salle d'armes pour s'entraîner, sans compter les honoraires du médecin, il dépensait pour chacun de ses duels trois fois le salaire de la cuisinière.

— Tes bagarres me coûtent les yeux de la tête, mon chéri. S'il te plaît, ne blesse personne en plus de ça.

— Je viserai au front !

— Non, mon chéri, les jambes, pas plus haut, c'est promis ?

— Mais en Amérique, on se bat pour tuer, protestait Maurice.

Le premier journaliste que Maurice provoqua en duel avait traité Sarah de sale roulure juive. La balle traversa la casquette du malotru.

— Simple avertissement, avait sifflé Maurice, le prochain coup vous aveuglera de sang.

C'est vrai, il visait parfaitement.

— Si je vous touche au bras, vous ne pourrez plus écrire pendant un mois votre sale torchon. Et si je vise la cuisse vous ne marcherez plus jusqu'à Noël. La fois d'après ce sera la tête. Choisissez !

Le médecin préparait de la charpie mouillée à l'eau-de-vie en attendant qu'un peu de fumée jaillisse au bout des canons. Puis il posait un garrot, parfois une attelle. Ensuite il recousait. Et chacun rentrait chez soi.

Pendant quelques années, en tout cas jusqu'au mariage de Maurice qui avait dû promettre à sa toute jeune épouse de se tenir à carreau, les journaux hésitèrent à lacérer Sarah.

Les jours défilent et nous roulons, interminablement, prisonnières de ce train qui nous conduit comme une espèce de barque des morts, longeant des montagnes qui ont quelque chose des temples d'Égypte, avec des colosses taillés dans leurs flancs, des airs de chefs-d'œuvre renversés par des tremblements de terre. Sarah s'en détourne, elle revient à son jeu de patience, à sa tasse de café. Elle doit avoir un peu de fièvre.

— Vous allez bien ?

— Évidemment.

— À quoi pensez-vous ?

— Je voudrais être tout.

Elle désigne les rochers dehors et les arbres immenses.

— Donne-moi ma boîte à poudre.

Elle se badigeonne de blanc. Je la sens revivre.

Ensuite elle répète durant quelques minutes et je lui donne la réplique, je lui tends les accessoires de son entraînement quotidien, comme ce crayon qu'elle va serrer entre les dents, tout en articulant très vite, pourtant distinctement, les phrases les plus alambiquées. Et puis des tirades entières, sur une seule note, sans une seule inflexion, mais en reprenant certains mots à l'octave supérieure.

— Rien que je ne puisse maîtriser, me dit-elle avec fierté. On travaille sans s'en apercevoir et, à la fin de sa vie, sans y prendre garde, tout est devenu tellement facile !

Elle connaît en outre chaque muscle de son visage. Elle a la faculté de relever les ailes du nez pour faire semblant de palpiter intérieurement. Elle pense que nous sommes comme les bêtes, que certains de nos muscles sont spécialement adaptés à l'expression des sentiments et qu'elle doit donc les faire travailler particulièrement. Le mépris, le dégoût, la frayeur extrême, la bouderie, les expressions de ruse ou de jalousie sont tout simplement des muscles qui racontent une histoire que tout le monde comprend.

Sarah grimace. Sarah s'envole. Diction à toute allure. Comme le scintillement des feuilles de trembles sous le soleil. Des voyelles zébrées de clartés. Des mots filant comme des astéroïdes. En état de virtuosité aiguë.

Pourquoi la vie n'est-elle pas aussi simple qu'un enchaînement de consonnes éclatantes ? J'y réfléchis, tout en me demandant ce que je ferais sans cette voix. Une voix claire, limpide, jamais saturée mais agile, plutôt lumineuse avec des intonations brillantes. Je me suis arrangée pour être toute ma vie à portée de cette voix, et même en attente d'un chuchotement, d'un glissando qui remettrait sur mon visage un espoir.

En tout cas la perfection de cette voix est une mélodie qui me tient merveilleusement compagnie, avec les nuages de parfum mauve et de poudre de riz, et la lumière intense que dégage encore Sarah. Elle n'est décidément pas capable de faire un geste sans mimer une danse, et me salue de temps en temps d'un petit battement de ses paupières de nacre alors que l'Amérique passe bruyamment sous nos roues.

Pourtant, jusqu'au printemps 1917, Sarah rumine une vague culpabilité de déserteur, chaque fois qu'elle pense à la France. Et puis un matin, après avoir rapidement passé en revue les quelques journaux que la femme de chambre a pu dénicher dans une petite gare perchée entre des rochers, au milieu des cèdres, je la vois embrasser la vitre du wagon.

— Ce paysage, c'est tellement beau, on n'y résiste pas.

— Je croyais que vous n'aimiez pas les montagnes.

— Maintenant c'est la France !

— Comment ça ?

— Les États-Unis sont entrés en guerre !

Elle ne lit pas bien l'américain mais la joie l'a dotée d'un sixième sens. Elle me tend les journaux. Pershing et Patton promettent de traverser l'Atlantique avec des armes et des chars.

— Ils nous envoient des régiments entiers, dis-je, traduisant consciencieusement la suite de l'article. Ils vont débarquer à Saint-Nazaire avec des ambulances et des camions Ford…

Un peu plus tard Mado entre dans le wagon, en hurlant que nous sommes sauvées. Elle montre des photos de soldats en uniforme vert olive, avec leurs feutres à large bord et des fusils-mitrailleurs en bandoulière.

Les conversations de Sarah Bernhardt avec sa petite-fille concernent les cheveux qui s'allongent, qui frisent, qui se tirent, qui moussent ou qui bouffent, et les peignes et les épingles, et la hauteur des chaussures, et la soie ou la laine, et les paillettes et le satin et les chapeaux, et l'art de s'enrouler dans une étole.

Mado tend sa jolie tête vers Sarah. Le fer à friser est si chaud qu'il brouille l'air autour d'elles. Mado a le nez délicatement courbe de Sarah. Elle est son portrait. Je les contemple, elle et cette grande enfant pareille à elle, un couple sosie par-delà le temps. Et je me sens aussitôt rétrogradée au plus bas de l'échelle des êtres, avec les crapauds et les serpents visqueux. Une famille est un monde fermé. Et moi, je suis loin, je suis absolument dehors.

— Cet homme que tu avais rencontré, fait Sarah, qu'est-ce qu'il est devenu ?

— Rien, je n'ai pas pu en parler à papa, c'est toujours une furie quand il s'agit de Louis.

— Parce qu'il s'appelle Louis ? Fais attention aux hommes mariés, ils se croient tout permis, un beau jour ils gémiront des excuses à leur femme et tu te retrouveras sur le carreau.

— Il est célibataire.

— Je l'imagine en veste de tussor, avec un chapeau de paille, un bouquet de primevères à la boutonnière et faisant du vélo, je me trompe ?

— Ne sois pas si pressée de me caser, je ne suis pas prête, dit Mado en prenant une gorgée de café, les genoux élégamment croisés, embuant les verres de ses lunettes fantaisie au-dessus de la porcelaine ornée d'oiseaux.

— En tout cas méfie-toi des êtres que tu ne peux pas faire pleurer ! conclut Sarah.

Avec un optimisme de gosse, Mado s'est ruée vers le sac de bonbons :

— J'ai faim.

— Tu ferais mieux de croquer une pomme, gronde Sarah.

Elle boutonne lentement, d'un geste inlassablement répété, les gants très longs qu'elle a enfilés en chantonnant :

— À cet instant ce que je désire le plus au monde, c'est jeter sur mes épaules un manteau bordé d'hermine et emporter la partition pour aller à l'opéra. Wagner me manque !

Tout comme lui manquent les éventails d'écaille et les lunettes de nacre et l'étincellement des lustres, et l'eau jaillissant du tuyau d'arrosage que brandit le chauffeur qui lave ses voitures, et le toit en cuivre vert de la Madeleine où ont toujours eu lieu les plus beaux mariages de ses amis. Sans parler de son cabinet de toilette du boulevard Pereire, éclairé plus intensément que la salle d'opération où Samuel ouvre des ventres.

Sarah, qui a grand besoin d'une teinture, ébouriffe ses cheveux :

— Rousse j'ai l'air d'une femme qui ne veut pas vieillir. Blanche on dirait une vieillarde, tu ne trouves pas ?

— Sarah Bernhardt doit être rousse, dit Mado. Mais ma Great, je l'autorise à être blanche.

Cette nuit Mado dormira avec elle, qui lui racontera les derniers potins des théâtres et des histoires de comédiennes mélancoliques dont il n'y a vraiment rien à tirer, qui se laissent aimer tant qu'elles pourront vous faire souffrir mais ne risqueront un pas tendre et généreux vers vous que lorsqu'elles croiront que vous allez les quitter. De toute façon avec Sarah, Paris semble systématiquement peuplé de garces, de piquées à la cocaïne, d'hystériques ou de perverses.

Mado, ça la fait rire, ça entretient son bavardage intarissable. Elle écoute en tétant un fume-cigarette sans rien faire de plus compliqué que des essais de ronds de fumée.

15

Un soir de relâche, après une aile de poulet et un biscuit, Sarah serre contre elle les pans de sa veste. Je la regarde avec un large sourire, elle suspend son geste comme si ma bonne humeur était blasphématoire.

— Je suis étonnée de la quantité de douleur que peut contenir une femme, dit-elle.

Il y a de l'angoisse dans sa voix.

— Vous êtes fatiguée ?

— Susan, je me sens poursuivie.

— Les desperados qui en veulent à la recette ?

— Non, la mort.

Elle me tend une dépêche. Et je dois m'asseoir. Samuel a été assassiné. L'un de ses patients, un fou, lui a tiré trois balles dans le ventre avant de retourner l'arme contre lui.

Je dis bêtement, presque mécaniquement :

— Mais je suis là, Sarah.

Elle me toise de la tête aux pieds d'un air de dire : *Tu t'es vue, tu es minuscule, tu es impuissante, comment pourras-tu chercher des noises à la mort quand elle m'apparaîtra ?*

— Je vois une baleine qui me poursuit, murmure Sarah. Une baleine toute noire, qui est en train de pourrir, avec des taches vertes par endroits…

— Voyons, Sarah, il n'y a rien à craindre.

Je ne sais plus quoi dire.

— Tu as oublié, Susan, la baleine, le premier voyage au Canada…

— Je n'étais pas là.

— C'était il y a longtemps, c'est vrai… Elle était vivante, dans le port, je l'ai vue battre des cils. Tu me crois ?

— Bien sûr.

— Est-ce que tu peux te représenter un convoi de chemin de fer et, accrochée au tout dernier wagon, une espèce de plate-forme sur laquelle est posée une charogne ?

Je dis que c'est bien difficile à imaginer.

— Et pourtant c'était d'abord une véritable baleine, dans un port, une baleine d'un noir bleuté. On voulait que je rencontre un homme qui faisait de la publicité. Il a proposé de me payer pour avoir le droit d'accrocher une plate-forme avec cette baleine à l'arrière de mon train. J'ai demandé à l'homme : "Est-ce qu'elle est morte ?" Il m'a dit que non, car si elle était morte elle pourrirait. C'est vrai qu'elle était belle. Mais je n'étais pas sûre qu'elle soit encore vivante, j'ai pensé que la glace la conservait, c'est tout. L'homme m'a proposé de monter sur la baleine. Elle était couverte de coquillages. L'eau avait gelé autour d'elle. Et même son dos était gelé. Je me suis dit elle est sûrement morte, car lorsqu'on est vivant on fabrique de la chaleur, on ne peut pas geler. Mais l'homme a insisté : "Bien sûr qu'elle est vivante, vous ne savez pas que les baleines vivent dans la glace ?" Alors j'ai marché sur cette bête. C'est idiot d'avoir accepté, n'est-ce pas ? En réalité j'avais peur qu'elle bouge, qu'elle me noie d'un seul coup de sa queue.

Elle était immense. Longue comme un quai. Tu m'écoutes ?

Sarah a signé le contrat autorisant l'homme à accrocher à l'arrière de son train spécial une plate-forme supportant une baleine. Et elle a encaissé l'argent de la publicité pour on ne sait quelle marque de corsets. On n'en porte plus mais autrefois, les corsets, on les fabriquait avec des fanons de baleine.

Traîner un énorme cadavre derrière son wagon, Sarah s'en fichait. De toute façon elle ne regardait jamais le paysage, elle ne sortait jamais de son lit. Il y avait toujours un homme avec elle, le jeune premier ou même son imprésario de l'époque. Et une année, Samuel l'avait accompagnée.

Mais en quelques jours la baleine a commencé à pourrir. Et il y a eu l'odeur.

— J'avais signé un contrat pour une baleine, me dit Sarah, mais cette chose n'était plus une baleine.

Elle dessine dans l'air du wagon les nuages de mouches autour de la chair si déliquescente qu'elle semblait fondre sous le soleil.

— Un bon avocat aurait eu tôt fait de régler le problème, dit Sarah. J'ai signé pour une baleine et pas pour un tas d'ordures. Il faisait de plus en plus chaud parce que nous roulions vers le sud-ouest. Et chaque jour la baleine perdait de sa chair, on commençait à voir ses os. D'abord roses. Puis blancs.

Je dis que j'ignorais qu'une baleine avait des os. Je croyais qu'elle avait des arêtes.

— Une baleine n'est pas un poisson, dit Sarah, mais quand elle pourrit elle devient un poisson, elle sent le poisson. Tout ce qui pourrit devient poisson.

Elle prend une grande inspiration :

— Regarde-moi. Je suis la dépouille de Sarah Bernhardt, avec des taches suspectes et des points de pourriture, dit-elle en montrant sa cuisse. Ma douleur et ma jambe pourries, c'est comme si je les traînais encore. Je savais peut-être déjà cela quand j'étais jeune, que j'aurais un jour une baleine à traîner, ma propre pourriture.

16

Et les vents dévorent les lacs, et les cloches des pompiers résonnent dans les rues où les voitures sont plus rapides, où les réclames sont plus violentes qu'à Paris. Nous descendons dans des hôtels de cinq cents chambres, avec des ascenseurs immenses, des salles à manger tapissées d'immenses natures mortes, avec dix serveurs pour apporter une biscotte à Sarah, et des cabinets de toilette garnis de peignoirs très doux. Parfois les villes sont tout en fer, avec des locomotives au milieu des rues, du brouillard et des fils télégraphiques partout, et des magasins grands comme des musées.

Je ne sais pas exactement où nous sommes ce soir. Je dors debout. En tout cas, dans l'hôtel où nous sommes descendues, les plus anciens des membres du personnel se souviennent que Sarah était venue un jour avec son lionceau. Qu'elle réclamait pour lui des kilos de viande crue, qu'il faisait ses besoins énormes sur les tapis et qu'il avait lacéré les rideaux. Cette fois elle ne demande plus à voir les caricatures d'elle que font les journalistes. Même s'ils dessinent un manche à balai hérissé de serpents, elle s'en fiche. C'est tellement facile, la caricature. Sans compter qu'aujourd'hui, une jambe de bois, un bandeau de pirate et le tour est joué.

Un matin, juste au moment où nous partons nous réinstaller dans notre train, le groom de l'hôtel apporte une lettre de Lou. Sarah ne veut pas la décacheter tout de suite. Elle agite un éventail de plumes bleues qui dissimulent un minuscule miroir serti d'or, y contemple son visage en miniature puis s'évente nerveusement.

— Susan, que penses-tu vraiment de Lou ?

Je regarde ses doigts jouer avec la lettre. Je pense qu'elle ne doit pas revoir Lou, pour rien au monde. Voilà des années qu'il n'a plus donné signe de vie. Ce que je pense de ce gigolo se lit sans doute dans ma manière de respirer et de cracher la fumée de ma cigarette. Mais je sens bien que les doigts de Sarah, toute sa peau, sont condamnés à déplier cette lettre, à rechercher sans trêve l'accès à l'écriture de Lou, à sa manière de tracer les barres des consonnes, à son coup de gîte sur les majuscules et sur les virgules.

Sarah sait parfaitement inventer une lettre d'amour au toucher, rien qu'à la pulpe des doigts. Et la voilà convaincue que cette lettre lui veut du bien, comme une espèce de sourire ineffaçable, comme un bond de cinq ans en arrière, tout juste cinq ans.

Et j'ai froid. Mortellement. Moi qui m'étais interdit de la juger, soudain je distingue nettement tous les aspects de Sarah. Je plonge pour la première fois mon regard dans ses obscurités. Alors vite je m'ébroue : *Non, Susan, ce sont tes propres petitesses que tu vois là, cela n'est pas Sarah.*

Mais cette vieille folle est bien Sarah. Et je me sens secouée par la jalousie revenue, malmenée comme au rodéo. Nous en avions vu, des rodéos, autrefois, au Texas. Sarah riait. Elle riait à chaque chute. Elle riait à chaque soubresaut. Elle était le garrot du taureau et le sabot du cheval. Elle se trémoussait comme si quelqu'un qu'elle haïssait avait été sur son dos. Et je pense à Lou, je me dis : *Susan, tu es un as du rodéo. Tu as réussi à te maintenir en selle depuis des années. Tu supportes les pires chocs et tu es toujours là, à enfourcher fermement la tigresse qui n'a jamais réussi à te désarçonner. Et même si ton chapeau a roulé dans la boue, tu es toujours en course.*

Je voudrais éprouver la fierté d'être Susan. Rien qu'une fois. Et s'il doit rester une image de moi, que ce soit un rodéo en Amérique.

Une fois installée dans le wagon, Sarah déchire l'enveloppe d'un coup d'ongle.

Lou demande pardon, du moins c'est l'interprétation de Sarah. En tout cas ce tardif repentir est une sacrée déflagration. Sarah murmure aussitôt *mon chéri*. Tous les fantômes de l'amour grondent et se réveillent, ils reviennent la griffer, retournés à l'état sauvage, à la fois très mauvais et très doux.

Viens ma chérie, murmure le souvenir de Lou, *viens ma chérie tendre*.

Et de nouveau ils s'embrassent. De nouveau ils font l'amour, ils se disputent aussi, bien sûr, on se dispute toujours quand on s'aime. *Viens ma chérie tendre, je t'aime tant tant tant…*

— Sarah, vous êtes ivre !

— Lou viendra me voir jouer demain soir à New York.

— Après une éternité sans un mot ! Et la fidélité, il ne sait même pas ce que c'est…

— N'en fais pas une histoire ! crache Sarah.

Je veux qu'elle se réveille, qu'elle se rende compte que le temps a passé, qu'il y a eu la jambe, l'opération. Lou ne le sait peut-être pas…

Quand je lui montre une photographie de la nouvelle épouse de Lou, la cantatrice Géraldine Farrar, qui chante *Madame Butterfly* avec Caruso, Sarah hausse les épaules :

— Elle est moche, tu ne trouves pas ? On dirait moi dans dix ans !

Et tout de suite, avec de grands gestes comme pour chasser les mouches, elle prend sa voix qui commande, qui ne laisse pas d'autre alternative que d'être esclave ou marionnette :

— Va-t'en, allez file, que je puisse répondre tranquillement à Lou.

Mon nez s'est empli d'une odeur de sang.

— Tu reviendras un peu plus tard, avec le café, et tu iras porter ma réponse.

— Vous n'avez pas peur que je la déchire, cette fameuse réponse ?

— Non, tu m'aimes trop pour me faire ça.

Nous sommes à une journée de train de Brooklyn. Je suis outrée, blessée et j'attends la prochaine gare où nous ferons halte pour l'eau et le charbon. J'ai baissé la vitre du wagon. L'Amérique est sculptée dans la glace par des lames de vent. Je tiens la réponse de Sarah à Lou dans une belle enveloppe crème, j'agite cette enveloppe dans le décor bleu pâle des montagnes d'où descendent des rivières infiniment vieilles, et ces montagnes hurlent de toutes leurs arêtes jusqu'à ce que nous arrivions.

Je descends du train, sous la pluie, cherche un bruit de moteur dans la rue principale, que passe une voiture pour me jeter sous ses roues.

Je ne veux pas que ça recommence.

Elle caressera Lou devant moi, sans équivoque et sans se gêner. Elle lui téléphonera devant moi. Et je redeviendrai leur bonniche, celle qui pèse si peu sur le monde, celle qui absorbe tout, celle qui n'a besoin pour survivre que d'un minuscule point de la périphérie de Sarah, et qui s'y cramponne douloureusement.

C'est fini, c'est fini. Je gueule à mon amour pour Sarah tout ce qu'on peut dire d'insultes et de saloperies à un très vieil ennemi, mais mon amour s'en fout royalement. Au contraire il s'en nourrit et même ça le berce.

Derrière un guichet quelqu'un prend l'enveloppe, m'assure qu'elle sera distribuée demain à New York. Je remercie, et aussitôt je m'en veux, je m'en veux d'avoir posté cette lettre. Susan, tu n'as donc pas de cran ?

Je réclame un bourbon. Je le bois goulûment. J'essaie de me purifier parce que le nom seul de Lou m'a éclaboussée de ses saletés. Impossible de respirer, impossible de penser à autre chose qu'à la jalousie, impossible de me concentrer sur la tempête épouvantable dehors, sur la pluie lourde, lestée de neige fondue, au-dessus de cette gare au milieu de rien. Ensuite je marche à l'aveuglette, me laissant bousculer par des gifles de vent, tragique, idiote, hantée.

Une jeune femme noire vêtue d'un manteau bleu ciel vient me chercher avec un parapluie. Elle m'abrite. Au bout de quelques minutes je fonds en larmes, d'impuissance et d'inapaisable rage.

Je ne remonterai pas dans ce train.

J'essaie de réfléchir à la manière de quitter Sarah, ce qui provoque en moi un vertige terrifiant tandis que la femme noire agite les bras en formant lentement des mots que je ne comprends pas, qui signifient sans doute : *Vous devriez vite rentrer chez vous.*

Cette évidence me dégrise.

Je fonds en larmes, je me sauve. Je ne sais même pas si je l'ai remerciée. Je rejoins notre train spécial. Le reste de la troupe est en train de chanter. J'entends tituber le bruit de mes pas sur les cailloux du ballast.

Il y a des éclats de voix.

Sarah n'est pas seule.

Ce n'est tout de même pas Lou. Pas déjà.

Sarah parle mais ce qu'elle dit est incompréhensible. À cause du vent j'éprouve la curieuse sensation d'être plongée dans un nuage de paroles, de m'y baigner, la voix de Sarah devenant alors paisible obscurité et confusion douce.

Pourtant je ne peux m'empêcher d'écouter, comme je l'ai fait si souvent quand Sarah recevait des hommes. Puis je m'éclipsais discrètement tant ça me faisait souffrir.

Une lame nette et impérieuse dans la voix de Sarah :

— Ne parlez pas si fort.

Alors je m'immobilise tout à fait. J'attends un peu, puis j'avance en me baissant. Je me tiens sous la fenêtre du wagon, une main plaquée sur ma bouche pour qu'on ne m'entende pas même respirer.

Je vois Sarah de dos, assise sur le canapé, appuyée sur les coussins de velours jaune. Face à elle, le mécanicien du train s'éponge le front avec un grand mouchoir blanc.

Il a posé sa lanterne sur le piano. Il fait de grands gestes. Malgré le froid ça sent la transpiration. Autour du wagon, un halo de sueur. La même que celle des soldats sur le front, quand nous étions vers Châlons. Celle que sécrète la peur.

Sarah demande ce qui se passe.

Dans un français torturé par l'accent du Québec, le mécanicien dit que le pont, un peu plus loin, est en très mauvais état, que c'est risqué de passer, que nous sommes bien trop lourds.

— Mais on m'attend, proteste Sarah. On m'attend demain soir à New York.

Le mécanicien tamponne encore son front.

— Et d'abord qu'est-ce qu'il a ce pont ?

Je vois remuer les épaules coléreuses de Sarah.

— L'orage, répond le mécanicien. Des poutrelles sont tombées.

— Alors dépêchons-nous de passer avant qu'il en tombe d'autres, presse Sarah.

— Il vaut mieux faire un détour, conseille le mécanicien, ça ne prendra guère plus de trois jours…

— Trois jours ! s'exclame-t-elle. Mais si je ne suis pas demain à Brooklyn, je devrai rembourser tous les billets vendus ! Vous savez combien ça va me coûter, cette plaisanterie ? Non, non, je ne peux pas me le permettre.

Le mécanicien sort de sa poche un carnet et un gros crayon. Il dessine le ravin, le pont par-dessus ce ravin, et la rivière, tout en bas, très profonde.

— Forcez le passage ! ordonne Sarah.

— On ne s'en sortira pas, dit le mécanicien.

— Avons-nous une seule chance ? demande Sarah. Tant qu'il y a une chance, je veux bien la courir.

L'homme réfléchit longuement :

— Peut-être une chance sur quatre.

— Mais c'est énorme, dit Sarah, pourquoi ne l'avoir pas dit tout de suite ? Une chance sur quatre, c'est vingt-cinq pour cent. Et vingt-cinq pour cent c'est beaucoup.

L'homme essuie lentement ses lunettes.

— Vous voulez de l'argent, c'est ça ?

— Pour ma femme, si je meurs, dit-il lentement.

— Combien voulez-vous ?

— J'ai deux enfants.

— Et vous essaierez de passer ?

— Oui.

— Alors c'est réglé, dit Sarah, vous aurez l'argent.

Le mécanicien rougit de fierté.

— Ne le dites à personne, ajoute-t-elle.

— Pour l'argent ?

— Pour le pont, ne leur dites pas, ils n'ont pas besoin de savoir.

— Bien, dit l'homme en posant un doigt sur ses lèvres.

Il quitte le wagon sans me voir, sans deviner ma silhouette dans l'ombre, sans même s'attarder à contempler le décor luxueux qu'il n'avait cessé d'imaginer, avec le bouquet de roses sur le piano droit, les recueils de Baudelaire et de Verhaeren, les vestes d'intérieur en velours à côtes grises, les foulards de satin, les gants, des dizaines de paires de gants, des blanches, des roses, et cette hargneuse petite dame tout au fond, qui mouille ses lèvres de rage, qui n'oublie jamais de cerner ses yeux, qui a toute une collection de bottines vernies à tiges magnifiques et n'a toujours pas pu se résoudre à jeter les bottines droites, qui ont fait elles aussi le voyage d'Amérique.

Les doigts crispés, j'abaisse lentement la poignée. J'ai l'impression d'entendre mes mâchoires se tordre. J'attends encore un moment, le front contre le bois à l'odeur de vernis. J'ai perdu mon chapeau. Mes cheveux frottent contre la porte. Sarah, de dos, a pris un livre. Elle doit avoir les yeux dans le vague, elle marmonne un poème. Sur le piano la partition de Satie a senti ma présence. Le papier a frémi sous l'appel d'air quand j'ai commencé à ouvrir la porte. Sarah s'est enfin retournée. Elle ne manifeste aucune peur devant mon visage marbré de rouge.

— Susan, viens, ma chérie, j'ai justement besoin de toi !

Je sens des sillons se former aux coins de mes lèvres, comme creusés par un animal. Sarah tend sa main vers moi. Je refuse de toucher cette main.

— Ouvre le coffre, s'il te plaît. Et sors trois mille dollars. Recompte-les bien.

Je parviens à bredouiller :

— Vous me donnez envie de vomir !

Mais quelque chose me force à prendre la clé. Peut-être la caresse de Sarah sur ma main. J'ai toujours été sans force contre ses gestes de tendresse, et il y a cet éclat bleu dans ses yeux, il y a sa bouche mobile et malicieusement remuée par un sourire.

— N'oublie pas que je suis dans le dernier wagon. J'ai la conscience tranquille puisque c'est moi qui prendrai le plus de risques… De toute façon, il n'arrivera rien. N'en fais pas une affaire, Susan, il faut toujours que tu montes tout en épingle. Mourir c'est très difficile. La plupart des tragédiens courent à travers la scène pendant dix minutes comme des cochons auxquels on a planté un couteau dans la gorge. As-tu déjà vu Rachel mourir sur scène ? Non, bien sûr, tu es trop jeune. Elle repliait son manteau autour de son corps, elle jetait sur son meurtrier un regard de reproches et elle tombait d'un coup sur le côté, par-dessus l'accoudoir du fauteuil. Ça, c'était Rachel. Allez viens, dit-elle en me faisant un petit signe de la main, il est temps que tu apprennes à mourir en tragédienne.

— Si je n'avais pas tout entendu, vous me l'auriez dit, Sarah ?

— Non. Mais de toute façon je suis sûre que ça t'amusera.

— Et les autres ? Vous avez pensé à Mado ?

— Va porter l'argent, dépêche-toi, sois sublime.

17

Combien sommes-nous dans le train spécial de la Bernhardt ? Il y a sa petite-fille, la troupe, sa femme de chambre, et moi bien sûr, donc une douzaine de personnes. Nous aurions pu procéder à un vote. Elle ne s'est pas même posé la question. Quand on dirige un théâtre, on prend des décisions sans consulter les autres. Diriger un théâtre ou décider qu'un train doit franchir un pont chancelant, ce doit être pareil.

Les chaudières commencent à ronfler.

Le train s'ébranle.

Je me penche à la fenêtre, je vois le pont, loin devant, qui luit dans le soleil.

Le train se met à rouler, de plus en plus vite.

Tout ça pour Lou !

Mon cœur bat dans mes oreilles. Ça tape. Et quand le train est au plus fort de sa vitesse je ne parviens même plus à distinguer entre les chocs des roues et les turbulences de mon sang.

À un sursaut du wagon je comprends que nous sommes déjà sur le pont. Je rentre la tête dans les épaules. Et j'attends. Sarah est assise, bien droite. Elle serre un coussin contre son ventre. Le sol se dérobe sous mes pieds. Je me vois tomber à plat ventre sur le tapis. Je crois que je m'évanouis. Puis je me dis que c'est le train qui tombe. Et en effet le pont s'écroule. Des morceaux de métal nous canardent, ils crèvent la vitre. Des poutrelles au loin s'éparpillent dans le ciel avant de retomber en planant dans la rivière primordiale où elles deviendront des fossiles. Un sourire crispe les lèvres de Sarah.

Puis une série d'explosions qui se rapprochent de nous, de plus en plus. Le train continue pourtant de rouler. Il hurle. Les chaudières hurlent. La vapeur hurle. C'est notre course contre la destruction. Vacarme et saccades, et des milliers de coups et de gémissements mécaniques. Je pense à Mado. Elle doit être avec les autres, dans les premières voitures, à jouer aux cartes, à s'inquiéter, oui, bien sûr, mais depuis les premières voitures on ne peut pas voir l'arrière du pont.

À présent ce sont les rails qui s'envolent.

Ça y est, la destruction nous a rattrapées.

J'ai de la sueur dans les oreilles et dans les yeux. Je bute sur la fin de ma vie. Je suis au bord du monde. Si la terre est plate, nous n'allons pas tarder à tomber. Et si elle est vraiment ronde, alors il n'y aura rien d'autre à faire que de revivre interminablement cette terreur.

Notre wagon est un bouchon sur des vagues de vide. Sarah bat des mains en lui braillant des mots d'encouragement, comme à un cheval sur lequel elle a tout misé.

À cet instant le train mord dans du rail solidement vissé. Je le sens tout de suite, à la qualité des vibrations sous mes pieds. Je sens qu'il s'arrache, wagon après wagon, à la destruction. Sarah a fermé les yeux. Et soudain je sais que la terre ferme est sous nos pieds.

Par la fenêtre brisée, on voit que loin derrière nous le pont tout entier s'est écroulé dans la rivière.

— Quel bond superbe, superbe ! s'exclame Sarah.

Elle voudrait qu'on s'arrête pour regarder encore les poutrelles qui n'en finissent pas de dévaler les flancs du ravin. Ne restent que quelques tronçons de métal suspendus dans le vide, de l'autre côté, un moignon de rails qui ne donne sur rien, qui ne mène désormais nulle part.

Ensuite, durant cent trente kilomètres de montagnes et de lacets d'où émergent des forêts vert argent, je suis au piano dans un état d'opium, je laisse tomber mes doigts sur le clavier, je joue en sourdine, courbée comme une otarie absurde, effondrée sur ce piano dont je recherche la chaleur contre mon ventre.

— Regarde autour de toi au lieu de bouder, gronde Sarah. Tu n'es pas le nombril du monde. Vois ce beau ciel !

Je ne dis rien, je lisse longuement la partition, je joue d'une seule main.

— Tu ne le diras pas à Mado.

— Je ne dirai rien.

Je pense en moi-même que de toute façon personne ne me croirait, une si grande dame ne peut pas se comporter ainsi. Du reste, elle aurait tôt fait de se récrier : *Mais cette pauvre Susan est folle, je n'ai pas fait cela, voyons !*

Sarah se rengorge.

— Toi alors, tu te ferais couper en quatre pour moi. Désormais tu seras ma conscience…

— Je me tairai pour ne pas faire d'histoires, c'est tout.

— Tant pis pour toi.

Elle caresse une étole de petit-gris. Elle porte une toque violette. Des cheveux blancs s'en échappent. Je détourne la tête pour ne pas rencontrer ses yeux durs qui me regardent comme une chose.

— Comme vous devez vous sentir seule.

— Sais-tu au moins pourquoi je l'ai fait ?

— Pour Lou bien sûr.

— Allons donc !

— Vous mentez.

— J'aimerais bien voir ça !

— Vous mériteriez qu'il ne vienne pas.

— Ça te ferait plaisir, avoue !

Ce ton léger me hérisse, je le juge glaçant.

Je secoue la tête.

— Vous l'avez fait pour l'argent.

— Encore moins.

— Alors pourquoi ?

— Disons que je l'ai fait pour me débarrasser de la baleine, je veux qu'elle reste à jamais de l'autre côté de la rivière, je ne suis pas du tout prête à pourrir.

— Est-ce que le train aurait franchi ce pont si votre fils avait été là ?

Sarah réfléchit longuement, et quand elle se tourne vers moi, son visage ruisselle de larmes.

— Non, bien sûr.

Ce non est exactement un poignard. Il est strident et tranchant, c'est un non de métal. Le mordant de ce non me fait horreur. Alors je vais dans ma cabine et je plie lentement mes vêtements. J'empaquette mes livres. Je cherche mon sac de voyage.

18

Dernière halte avant New York. Il neige. Notre train est tout blanc, blanc comme une mouette, blanc comme un bateau. Les soupapes, la fonte des chaudières, le contour de la cheminée, les bielles qui brassent de la neige, tout est blanc. Le train tout blanc flotte dans un ciel noir.

Sarah veut absolument aller se promener dans la neige. Des comédiens s'attellent à sa chaise. La neige leur monte aux cuisses. Les flocons tourbillonnent. On ne connaît pas bien, à Paris, l'émotion profonde que dégagent ces millions de trajectoires qui se télescopent, ces millions de chutes blanches, ces repères étincelants qui se glissent et se déposent partout.

— Là, dit Sarah, laissez-moi.

Les hommes ont jeté une planche sur la neige. Ils déposent la chaise sur la planche. Sarah se dresse, elle pivote sur sa jambe unique pour se présenter dos à la neige et, les bras en croix, se laisse tomber en arrière, toute droite. Elle a plongé comme si ç'avait été tout simplement de l'eau.

Elle reste longtemps ensevelie, le visage tourné vers le ciel, le corps presque entièrement recouvert.

Les hommes qui fument un peu plus loin n'en reviennent pas. Ils lèvent les bras de stupéfaction, crient qu'il aurait pu y avoir n'importe quoi là-dessous, une bûche ou des piquets, elle aurait pu s'empaler, elle est inconsciente. Et puis elle va finir par prendre froid.

Sarah n'écoute pas. Pour elle, la neige c'est seulement de la lumière. Son regard emmagasine cette lumière, une provision folle qu'elle va trouver le moyen de rapporter à Paris, dans ses malles, à côté du revolver chargé et de la boîte à pilules en or massif. Aucune place pour moi dans ses pupilles. Seulement sa propre image à elle, Sarah, moulée dans la neige.

— Et voilà, me dit-elle, alors que les comédiens la ramènent jusqu'à son wagon, je me suis purifiée ! Tu vois je ne me sens plus coupable de rien.

Elle rit, elle rit. Et chacun de ses éclats devient une question en moi. *Quand vas-tu enfin lui clouer le bec, Susan ? Où est ta place ? Où est ta vraie voix ? Tu n'en as pas marre de te taire, Susan ? Tu n'en as pas assez d'hésiter et de renoncer ? Qui es-tu, Susan ? Non, tu n'es pas l'amour. Regarde-toi ! Comment veux-tu qu'une femme comme elle aime ce qu'il y a de voûté en toi ?*

En arrivant à New York j'ai trouvé le courage de la quitter.

Je file sans un mot.

Je me perds au milieu des dizaines de trains, des dizaines de tramways, des milliers de voitures, des milliers de piétons, et pendant quelques heures je n'entends plus ma douleur, grâce au métal qui grince et gronde sous l'énorme poids des gens et des choses, grâce au vent que cela soulève, grâce à la tempête que créent le simple mouvement des machines et le passage des tramways tout contre moi, me coupant joyeusement la respiration.

Je l'ai quittée.

Une pluie légère imbibe mon chapeau. Je ne veux plus jamais croiser le regard de Mado, je ne veux plus déjeuner avec la troupe des comédiens, je ne veux plus me soumettre à Sarah. Ni me salir. Je ne veux plus faire la morte. Je ne serai pas le sale morceau de charbon sur la neige.

Quand on est sale on n'a absolument plus d'espoir, on n'a d'impulsion vers rien. Quand on est sale on ne peut pas aimer. Les autres on se met à les détester, ils sont absents, ils sont minables, ils sont personne. Quand on est sale, on s'isole jusqu'à perdre conscience, on se fait des ennemis de tout le monde, on ne parle plus, même à son ombre. Et on n'a réellement plus rien qui nous fasse partir, démarrer. Rien pour remettre en marche le moteur souillé.

Je rentre, je suis bien décidée à rentrer seule en France, où je passerai des heures à me laver. Comme si je n'avais jamais eu de maîtresse au tournant de l'année 1900. Comme si je n'avais jamais pris l'habitude de m'écraser devant Sarah. Comme si rien ne m'avait jamais touchée ni froissée. Comme si on ne m'avait jamais humiliée.

Je marche vers le port comme si enfin j'entrais en scène et qu'on avait jusque-là voulu m'en empêcher. J'avance comme une justicière, comme une guerrière.

Ce n'est plus moi qui marche vers le port, c'est une espèce de fureur qui invente pour Sarah les pires tortures. Et je formule des sorts : Lou ne viendra pas, il ne viendra pas. Puis j'invente un autre scénario, bien plus cruel. Lou viendra, oui, je te promets, Sarah, il viendra. Tu le distingueras dans le public au premier rang, car tu vois tout depuis la scène, comme tu avais vu, autrefois, ta mère malade du cœur quitter son fauteuil précipitamment, toute pâle. Tu jouais en te disant que tu n'allais peut-être pas revoir ta mère vivante. Et pourtant tu avais dû jouer quand même ce soir-là, en jetant les mots les uns après les autres jusqu'au point final, en bredouillant les phrases sans en comprendre le sens et même peut-être sans savoir à qui tu les adressais.

Alors oui, Lou viendra, mais ça ne durera pas longtemps. Ce sera drôle tout de même quand tu joueras ce soir, à Brooklyn, de le voir soudain se lever et sortir. Ce sera au beau milieu du spectacle et tu ne comprendras pas pourquoi. Tu joueras tout de même, en te disant qu'il t'attend dans ta loge, qu'il est en train de croquer une pomme, allongé sur un divan, en t'attendant. Mais chaque fois que tes yeux se poseront sur son fauteuil vide, tu te troubleras. Tu finiras par perdre la mémoire. Le souffleur te lancera le texte si fort que les trois premiers rangs l'entendront.

Tu verras Lou quitter la salle, et tu auras envie de l'appeler, de crier, de t'élancer par-dessus les fauteuils pour le rejoindre, pour te jeter dans ses yeux gris, pour décoiffer ses cheveux luisants, extrêmement soignés et si artistiquement arrangés. Mais avant de le rejoindre, il te faudra encore jouer, il faudra continuer de lâcher tes répliques comme de grands verres de feu que le public applaudira, et qui déchaîneront le vent dans tes vêtements. Pour la première fois peut-être tu t'ennuieras en jouant, et tu compteras les perles de ton collier, du bout des doigts, lentement, comme s'égrèneront les minutes. Puis on te ramènera dans ta loge sur ta chaise à rinceaux, tu diras dépêchez-vous, dépêchez-vous, plus vite, et en entrant dans ta loge tu jetteras dehors l'habilleuse en hurlant je n'y suis pour personne sauf pour Lou.

Tu jettes sur toi un manteau de chinchilla qui descend jusqu'aux pieds, tu as soixante-quatorze ans, tu attends Lou.

Tu l'attends. Il ne viendra plus jamais.

19

Sur le boulevard il n'y a presque rien à l'affiche. Depuis des années les théâtres n'ont plus joué que pour des soldats en permission. Tout le monde a faim et sommeil. Ce sont des fatigués éternels qui reconstruisent Paris. Paris et ses anciens combattants de vingt ans qui font peur aux enfants. Paris en pleine épidémie de grippe espagnole. C'est la maladie de l'armistice, on voudrait aller danser mais on a de la fièvre, on respire mal. Des femmes conduisent les tramways parce que les hommes sont malades, puis les blessés de guerre prennent leur place parce que les femmes sont malades à leur tour. *Le Figaro* dit que la grippe a causé six millions de morts en Inde et les gens racontent partout qu'elle a été envoyée par les Allemands, dans des boîtes de conserve, dans les cachets d'aspirine. Plus personne ne prend d'aspirine. Voilà que je traverse des ruelles ruisselant de désinfectants, menant à des pharmacies qui proposent des recettes de grogs. Teinture de quinquina, écorces d'oranges amères macérées dans du rhum s'échangent au prix de l'or. Il n'y en a pas à moins de trente francs le litre.

Alors je me gargarise à l'eau oxygénée. Les journaux disent qu'Edmond Rostand lui aussi est malade.

Que Sarah Bernhardt est allée le voir en grande pompe. Que le médecin a insisté pour qu'elle pose sur son nez et sa bouche des compresses de coton trempées dans l'eau bouillie. Je suppose que Rostand a fermé les yeux et qu'il s'est longuement baigné dans la voix de Sarah, dans sa voix d'or.

Je les entends… Il dit qu'il voudrait aller avec elle à Belle-Île, comme avant, jouer à la crapette à mille francs le point. Faire du bateau. Et plus encore nager. Il a besoin de la mer.

Sa moustache dort. Les yeux si bleus de Sarah se plissent au-dessus de la compresse humide. Rostand, effroyablement fatigué. Sarah s'imagine que c'est la combustion de son éternel cigare qui lui a flétri ainsi les paupières. Elle n'aime pas la fumée, volutes beaucoup trop légères à son goût, comme les voiles de Loïe Fuller sous les projecteurs qui grésillent, ce gros bourdon de Loïe Fuller envoyant jusqu'au ciel ses voiles phosphorescents.

Les mains de Sarah se crispent autour de la tasse de café.

— Oui, nous retournerons à Belle-Île. Comme avant.

— Tu as la voix de tes yeux, murmure Edmond, et je ne m'en étais pas aperçu…

Puis il dit très vite :

— J'ai une terreur physique de ne jamais te revoir.

— S'il te plaît, dit Sarah, il ne faudra pas mourir.

Ce matin j'ai reçu une lettre à propos de mon mari. Il est mort dans un hôpital militaire. On va m'envoyer sa Croix de guerre.

J'entre dans un café.

La Susan que j'ai été est à mille ans d'ici.

Sarah est à la fois à mille kilomètres et à dix minutes.

J'ai besoin d'alcool. À ce point d'abandon, n'importe lequel me ferait du bien.

— Servez-moi quelque chose de fort. Sans quinine.

Le soir même je me suis mise à tousser, d'une toux sévère auquel le médecin ne comprend rien, déchirante, qui finit en spasmes horribles, me laissant brisée comme par des coups à l'intérieur. On me fait une piqûre. Ces insomnies, le mal au ventre, tous ces symptômes que le docteur tripote, je sais bien que c'est un chagrin d'amour et je revois Sarah dans le pantalon moulant de l'Aiglon, j'entends sa voix et la voix de mon mari en même temps :

— Susan, tu étais une blague, voilà tout !

J'ai les yeux battus par une éternité d'insomnies. Je ne peux pas dormir à cause de ce petit mot que Sarah a écrit pour moi, en 1900 : *Je t'aime, et si tu ne m'aimes pas, fais comme si tu m'aimais, je t'attends à trois heures, mes deux mains dans les tiennes, viens.*

La fenêtre reste ouverte, je cherche la fraîcheur humide de la nuit sur ma peau. Je cherche à avoir froid. Le vent et la fumée attaquent mes yeux.

Je n'irai pas aux obsèques de Rostand, surtout ne pas revoir Sarah. Il faudrait quitter Paris. J'ai essayé, mais des enfants mendient près de la gare du Nord et la misère me fait peur. Des prisonniers de guerre allemands déminent les champs. Cultiver la terre est quasiment impossible, tout est barbelé.

J'achète un cahier d'écolier, vert. La première page est datée du 12 novembre 1918. J'y poursuis mes réflexions personnelles sur l'après-guerre, où des bracelets de charbon, de fer et de soufre s'assemblent, se quittent, nous prennent dans leur trame épaisse et brillante en nous faisant ce que nous sommes, jusqu'à ce qu'un beau jour d'espoir le plomb redevienne or et nos os une nouvelle terre.

Je ne sais pas où aller. La solitude m'a sonnée comme une chute. J'ai honte d'être seule. Je n'ose pas m'endormir. Les yeux grands ouverts dans le noir j'écoute, je surveille. J'ai peur de perdre la tête. Ça fait si longtemps que j'étais partie, que je m'étais absentée à moi-même. Il va falloir réapprendre à écouter les arbres. Et ma pluie à moi. Et ma nuit à moi. J'écoute aussi les pianos désaccordés. Tout au long de la journée la mansarde résonne de leurs gammes. Et cela sent la cuisine. Du linge sèche dans la cour. Les femmes brandissent des fers à repasser, parlant de tout et de rien dans la vapeur de tissu mouillé. Il m'est très difficile de me concentrer pour écrire dans mon cahier. Sauf la nuit.

La nuit, je lis les journaux. Il y a une bouteille débouchée à côté de l'encrier. La cheminée fume. Je suis un peu saoule, les yeux me brûlent mais j'écris des légendes sous les photos de Sarah, les paupières quasiment fermées, avec une aisance insouciante. Ce jeu est délicieux. Ce cahier est ma maison. Tout ce qui parle de Sarah je le découpe. Avec de la colle et des ciseaux je travaille à Sarah.

La lumière tombe sur le papier et bien que l'abat-jour soit en fer-blanc elle m'illumine. L'odeur du papier se répand dans la pièce. Les mots que j'écris font diversion, ils empêchent le malheur d'être logique. Je reconnais le bruissement et la chaleur de ces animaux invisibles, pattes de mouches, griffures de chats, phrases à courbures d'insectes, emberlificotées, envahissantes.

Et ce matin j'attends le dernier numéro de la revue *Comœdia*, ma consolation.

20

On a enregistré un extrait de *L'Aiglon*, soit quatre minutes de la voix de Sarah. Sur la photo je trouve ses yeux toujours très beaux, mais à présent fiévreux et durcis. Pourtant juin de cette année 1920 aura été faste. Réjane est morte, elle avait à peine soixante ans. Sarah reste seule, la dernière, un mythe. Il paraît que ses caprices redoublent. Elle ne jure que par les orchidées et les ortolans.

J'ai ouvert le cahier *Britannicus*. Pour rien car je lis quelques semaines plus tard que Sarah y a renoncé. Elle aurait pourtant aimé jouer Agrippine mais c'est un rôle beaucoup trop lourd, réparti sur les quatre actes de la pièce, avec de fréquentes entrées et des sorties triomphales qui doivent être de somptueux cadeaux d'énergie.

Quant à Phèdre c'est bien fini. Phèdre ne s'assied pas. Phèdre c'est une battante, elle affronte, elle s'affronte, elle se tient donc forcément debout, bien campée. On ne joue pas Phèdre assise.

Est-ce qu'il y a des héros handicapés ? Oui il y a Vulcain, qui boite, et d'autres, n'est-ce pas ? J'ai lu que le dieu du tonnerre, chez les Mayas, est unijambiste. Mais seuls les hommes ont le droit d'être blessés. Y a-t-il des femmes blessées dans la mythologie ? Y a-t-il des déesses handicapées ?

À contrecœur, Sarah se replie sur *Athalie*, qui lui avait toujours semblé une pièce ennuyeuse. Tant pis, cette fois, elle l'examine sous un autre angle. La reine n'apparaît que deux fois, au deuxième et au cinquième acte, pour se rendre au temple. Or les reines antiques se faisaient porter. Sarah pourra très bien jouer depuis un lit d'apparat. Elle fera son entrée portée par ses gardes. Ainsi le problème est réglé et Sarah se met à travailler.

Elle est vêtue de jaune et de noir, tigresse, avec des voiles mauves dont elle joue. Elle est couchée sur le côté, certes, mais quand elle se redresse c'est avec un air si dominateur qu'elle en grandit démesurément. Elle commande avec chaque pore de sa peau. Elle sourit, d'un sourire qui ne se fige pas mais continue de se créer.

Malgré tout, les journaux lancent des plaisanteries ignobles. Alors je les jette, je les brûle. J'ai cependant recopié ces mots, qui se voulaient cruels et meurtriers, auxquels je donne bien d'autres sens, infiniment : *Elle a passé depuis des lustres l'âge du déclin, elle joue même en dehors du temps.*

En dehors du temps…

Car Sarah ne se laisse pas fondre, elle résiste, elle ne va tout de même pas couler sous la plus légère vaguelette.

Les premiers jours, on se bouscule pour voir Sarah Bernhardt portée sur scène, comment elle se redresse sur un coude, comment elle joue couchée, alors que jamais personne ne s'est allongé pour jouer, parce que c'est une impossibilité physique, comment voulez-vous que la voix se projette ? Et pourtant la voix de Sarah trouve toujours un appui solide d'où s'élancer, un vrai rocher.

Le public, barbare lui aussi, attend surtout les deux vers célèbres :

Dont elle eut soin de peindre et d'orner son visage
Pour réparer des ans l'irréparable outrage

Sarah les prononce d'un air désabusé et très lent, presque uniformément lugubre. Les spectateurs se lèvent. Ils applaudissent des minutes entières. Sarah se dresse hors du lit d'apparat et parvient à se lever, en équilibre sur sa jambe, pour remercier. En se levant elle pince entre pouce et index la couverture posée sur ses genoux, et la laisse pendre pudiquement devant elle.

Elle a un sourire radieux, et personne ne peut deviner qu'elle fournit un effort terrible.

Une force de la nature, s'exclament les spectateurs.

Quand le rideau jaune se rouvre, quand Sarah salue à n'en plus finir, peinte et dorée comme une déesse, qu'elle enfonce ses ongles dans sa poitrine, elle est hors d'haleine et s'appuie au cadre de la scène. Elle est épuisée, elle penche sous le poids de son costume, de ses bijoux et peut-être sous la masse énorme de sa désillusion. Elle est déçue de n'avoir pas senti dans la salle un vrai regard d'homme sur elle. Et pourtant ils sont partout, avec leur plastron impeccable, avec leur cravate lavallière blanche, arborant une moustache rousse de tabac, moulés dans un beau gilet, dans un pantalon magnifique surplombant le bout de leurs bottines à tige tressée, et tenant une badine, bref des hommes élégants, de ceux qu'elle aurait pu aimer, mais qui ne la regardent plus.

Elle salue encore.

Tenir ainsi sur une seule jambe, c'est phénoménal. Sarah Bernhardt sur sa jambe unique, alors ça c'est incroyable. Personne avant elle n'a jamais réussi quelque chose d'aussi rageur et d'aussi ridicule. Quelque chose qui emporte le public, qui le fait transpirer à grosses gouttes.

On ne devrait plus pouvoir imaginer Athalie autrement. Cette vision-là, on ne devrait pas l'oublier, jamais.

Le public quitte le théâtre et, de café en café, propage une nouvelle mémoire de Sarah, murmurant :

— Si vous aviez vu la Bernhardt ce soir, on l'a rappelée six ou sept fois et chaque fois elle s'est dressée sur sa jambe, chaque fois un peu plus penchée, chaque fois le visage un peu plus vaincu par les crampes, et on a difficilement pris congé d'elle, vraiment elle n'est pas loin d'être extraordinaire…

Le public y pense encore, dans son sommeil, à ce corps mutilé. Toute la dernière guerre est dans Sarah. Les tranchées, et aussi la bataille contre le temps. Cela a quelque chose de terrible, on est fasciné par ce mal, peut-être même saisi de terreur, et c'est aussi pour cela qu'on y revient. Comme à un mauvais rêve qui coupe le souffle. On se demande comment on sera, nous, demain. On est comme assis en face de nos cent ans. Et on s'accroche à tout ce qui pourrait nous rendre plus forts. On se délecte de mots plus grands que nous.

Ses malheurs n'avaient point abattu sa fierté…

On devient cette vieille qui n'a plus aucun but sinon dire à fond, se déployer dans tous les sens en même temps, tout donner, le maximum de détresse, le maximum d'espoir, creuser assez loin pour tenter de ressortir dans la lumière. Sa seule peur devient notre seule peur, c'est-à-dire tomber dans la nuit intérieure, dans le puits, dans une panique d'enfant qui ferme les yeux en tremblant.

Quant à Sarah, ses rêves, je les connais. Elle voudrait que le public découvre en fin de compte qu'il n'existe pas, qu'il n'est que la projection de sa propre image, idéalisée.

Voilà à quoi pensent vraiment les tragédiennes.

Mais dans les coulisses c'est bien différent. Les jeunes actrices l'interrompent au beau milieu d'une phrase, ricanent, bousculent la chaise Louis XV à rinceaux dorés, accrochent leur peignoir aux brancards, et Sarah s'écrase, rapetisse, s'aplatit, son moignon croisé sur l'autre jambe, et ce moignon tremble à mesure que la colère monte. Ses porteurs sont encore quelque part à boire. Elle se dit que si ces pitres la font attendre deux minutes de plus elle va s'évanouir de rage.

Cela dit, les petites guenons qui découvrent la volupté en torturant la Bernhardt au bout du rouleau ont quelque chose de prophétique parce que, quelque temps plus tard, en effet, le public l'a assez vue. Il se met à siffler Sarah quand les machinistes la hissent à bout de bras, comme on portait autrefois les dieux sur le théâtre, par des jeux de poulies et de poids, et les spectateurs commencent à sortir, les rangs se vident comme des chenilles, des chenilles de honte. Finalement *Athalie* ne sera restée que trois semaines à l'affiche.

C'est fini, le public refuse les dieux, il préfère les jolies jambes.

Et pourtant elle ne veut pas céder.

Elle demande qu'on écrive des pièces spécialement pour elle, des pièces sur mesure, en trois ou quatre actes, dans lesquelles elle n'aura pas besoin de bouger et qu'elle pourra jouer allongée. On y calcule avec précision le nombre de pas qu'elle devra faire, le nombre de fois où elle devra se lever.

En novembre, j'ouvre un grand cahier rose. Sarah vient de créer *Daniel* qui raconte la déchéance d'un morphinomane. Il est très malade. Il doit rester couché sous une montagne de plaids et de coussins. Le public revient admirer Sarah, dans sa longue robe de chambre de velours, par-dessus une chemise blanche à cravate de satin noir. L'admirer et aussi la consoler.

Même mon lit est couvert de paperasses. Mon espèce de cagibi sent la poussière et la colle. Dans ma chambre glaciale, recroquevillée sur la chaise et l'ongle du pouce bleu de froid, je travaille toujours à Sarah, parmi des piles de cahiers élevés à des hauteurs de déséquilibre, avec leurs couvertures de couleur, des jaunes, des noires, des rouges. La pièce minuscule contient des dizaines de ces curieuses sculptures, inégales et brutes comme des stalagmites, des termitières branlantes. J'ai soudain honte de ce magma de papier peut-être déjà rongé de champignons. On ne tient pas un journal pour garder la mémoire mais plutôt pour l'égarer. Tant pis, ce vertige est encore un plaisir.

Elle jouera *Daniel* à Madrid devant le roi. Cinq mille personnes l'attendent à la gare centrale. Et quand elle paraît dans sa chaise, à la portière du wagon, c'est un tonnerre d'acclamations. Les hommes ôtent leur veste et la jettent par terre pour former un chemin d'honneur sous les pas des deux chanceux qui portent Sarah Bernhardt.

Ce n'est jamais arrivé à personne, elle est la première, n'est-ce pas ? Pourtant elle est épuisée et je crois l'entendre dire :

— Je n'en peux plus, ils sont exquis tous, je les adore, mais je les aurais mordus. Je suis trop fatiguée.

À son retour elle vend sa propriété de Belle-Île. Elle y est allée tous les étés, trente ans d'affilée, et puis elle l'a vendue, comme ça, du jour au lendemain, s'en est débarrassée comme d'une vieille guimbarde.

Elle ne tient à rien, décidément.

21

Ce que je lis à propos de Sarah dans les journaux me semble lointain, comme si c'était faux.

Le matin on la fourre dans un taxi spécialement aménagé, elle fait le tour du lac du bois de Boulogne, immobile dans sa chaise, regardant le ciel, et parfois elle chante pour que les rides d'amertume autour de sa bouche disparaissent. Le caviar du rimmel continue de la faire pleurer, la poudre lui cuit les joues.

Le soir, elle joue à sa manière. Le théâtre Sarah-Bernhardt a repris *L'Aiglon*, avec une autre, mais Sarah demande qu'on lui téléphone au moment du lever de rideau. Depuis sa chambre, les yeux fermés, elle dit son texte en même temps que l'autre, là-bas, qui a endossé le long manteau chamarré et le pantalon blanc dans les bottes impeccables.

Ensuite on la démaquille. On ôte la palissade de cils qui la tenait encore debout. Elle attend que sa femme de chambre la déshabille, mais parfois elle ne peut pas attendre, alors elle prend la seringue dans le tiroir de la grande table de chevet et elle s'injecte des remèdes dans la cuisse, à travers la soie de son bas.

Ses yeux sont secs. Sa nuque est raide et froide, ses épaules voûtées. Elle a l'air d'une grosse brindille.

Elle sait que, dans les rédactions, les articles nécrologiques sont prêts depuis des années, il suffira d'y porter la date et l'heure.

Elle sait que son fils vendra tout aux enchères. Ses peignes à un prix fou, ses brosses à cheveux au poids du platine, elle sait déjà que tout disparaîtra, ses miroirs et ses meubles de Boulle, l'horloge qui aura sonné sa mort, sa broche en forme de libellule, la bonbonnière dont le couvercle est orné d'un gros saphir et même ses derniers mots d'amour dans le tiroir du secrétaire en bois de rose.

Elle le sait, et ça ne l'empêche pas de faire des projets.

Pourquoi pas Cléopâtre dans le *Rodogune* de Corneille ? Elle pourrait très bien l'interpréter en matinée classique, dès le mois d'avril. Mais comme elle a besoin d'argent tout de suite, elle signe pour un film dont Sacha Guitry est en train d'écrire le scénario. Ce sera *La Voyante*, avec Mary Marquet et Harry Baur.

On tourne.

Mary Marquet affirme qu'elle a vu Sarah se réveiller, sortir de sa torpeur, se redresser, transfigurée, tendue, les yeux grands ouverts.

— C'était une vieille femme et soudain elle a perdu trente ans.

Entre les prises, elle se protège derrière de grosses lunettes aux verres fumés. La lumière des projecteurs est si brutale que ses yeux ont pâli. Elle est emmitouflée dans un immense manteau de velours rose. Elle a du mal à retenir le texte. Guitry le lui fait répéter.

— Allons, Sarah, insistez, forcez-vous. Avec le cinéma, vous n'aurez même plus besoin de vous déplacer. On enverra les bobines en Amérique, à votre place. Et vous serez là-bas tout en restant à Paris.

— Même plus besoin d'être en vie, grommelle Sarah.

Une lampe a sauté. Il faut un peu de temps pour aller en chercher une autre, puis laisser refroidir le projo avant de la remplacer. Ensuite on refera tous les réglages.

Le cinéma n'est qu'un jeu de patience. Il y a toujours quelque chose qui vous lâche, quelque chose à réparer.

Ce sont ses derniers après-midis, accoudée au bureau couvert d'une basane verte, devant l'encrier qui dort. Puis les dernières nuits dans le grand lit à colonnes d'ébène, sa chevelure frisée déployée sur la taie brodée à ses initiales, les osselets de ses longs doigts crispés sur le drap brodé lui aussi à ses initiales. Ses longs doigts si fins, à la peau d'enfant, badigeonnés de crème.

Elle ne chausse plus sa bottine gauche, elle ne distribue plus ses coups de talon à la ronde. Elle ne mange plus de bonbons ni de salade très vinaigrée. On prépare la dernière robe, en satin blanc. Elle choisit elle-même les roses. Elle demande qu'on n'oublie pas d'épingler la Légion d'honneur sur sa poitrine, elle y tient beaucoup.

Elle a les yeux bleu clair, un châle de crépon de Chine sur les épaules. Les fleuristes préparent des montagnes de camélias.

Enfin, au soir du 26 mars 1923, le théâtre Sarah-Bernhardt fait baisser le rideau au milieu du premier acte de *L'Aiglon*, et dans tout Paris se propage une minute de silence.

22

Aujourd'hui je suis allée assister aux répétitions de Cécile Sorel à la Comédie-Française. On m'a demandé si j'allais bien. Je me suis contentée de sourire.

Cécile Sorel est Célimène avec un talent extraordinaire. Je suis séduite par son fin visage bienveillant, par ses gestes drôles, par son physique poupin. Et quand elle a quitté le plateau, en adressant des sourires à la cantonade, j'ai senti la force du tourbillon soulevé par sa robe impeccable. Sur son front retombe une frange bombée. Elle semble tellement noble. Elle est altière, avec beaucoup de sourire dans des yeux de foudre.

Je n'avais pas vu jouer Molière depuis plus de vingt ans.

Ensuite seulement j'ai repensé à Strindberg et je suis allée voir *Le Chemin de Damas*. J'ai retrouvé l'obscurité pleine de courants d'air des petits théâtres. Puis chaque soir une nouvelle pièce écrite au bord du cercle polaire.

Les acteurs jouent sans avoir l'air de jouer. Il me semble reconnaître des visages mais je ne suis pas sûre. Je demande des nouvelles de mon amie, celle qui était couturière, il y a longtemps, peut-être vingt ans, je demande si elle a pu avoir un rôle et on me dit qu'elle a quitté Paris avec la guerre, on ne sait pas ce qu'elle est devenue. Je prononce les trois mots que je connais en suédois, on me sert du vin. Je m'aperçois alors que je me souviens encore parfaitement du premier acte de *Mademoiselle Julie*. Ça les impressionne tous. Les visages se rapprochent de moi et je les reconnais, lentement, un par un, comme si je les touchais. Il en manque. Les visages de beaucoup d'hommes manquent. Je dis : "Je vous aiderai, je connais du monde, et même en Amérique."

SOURCES

Journal, œuvres dramatiques et romanesques, par Sarah Bernhardt

Ma double vie, édition et glossaire établis par Claudine Brécourt-Villars, Phébus, 2000.

Joli sosie, roman, Grand Caractère, 2007.

Dans les nuages, impressions d'une chaise, Le Castor Astral, 2015.

L'Art du théâtre. La voix, le geste, la prononciation, La Coopérative, 2017.

Petite idole, roman, Wentworth Press, 2018.

Ouvrages sur Sarah Bernhardt, publiés par des membres de son cercle familial

Lysiane Bernhardt, *Sarah Bernhardt, ma grand-mère*, Éditions du Pavois, 1945.

Louis Verneuil, *La Vie merveilleuse de Sarah Bernhardt*, Brentano's, 1942.

Pamphlets contre Sarah Bernhardt

Marie Colombier, *Le Voyage de Sarah Bernhardt en Amérique*, Éditions Ligaran, 2015.

Marie Colombier, *Les Mémoires de Sarah Barnum*, préface de Paul Bonnetain, Mon Autre Librairie, 2020.

Essais consacrés à Sarah Bernhardt

André Castelot, *Sarah Bernhardt*, Rombaldi éditeur, 1971.

Caroline de Costa, Francesca Miller, *Sarah Bernhardt et le docteur Pozzi*, Éditions Glyphe, 2013.

Henry Gidel, *Sarah Bernhardt*, Flammarion, 2006.

Jocelyne Godard, *Les Amours de Sarah Bernhardt. L'unique, la divine*, Le Sémaphore, 2002.

Claudette Joannis, *Sarah Bernhardt. "Reine de l'attitude et princesse des gestes"*, Payot, 2011.

Anne Martin-Fugier, *Comédienne. De Mlle Mars à Sarah Bernhardt*, Le Seuil, 2001.

Sophie-Aude Picon, *Sarah Bernhardt*, "Folio Biographies", Gallimard, 2010.

Françoise Sagan, *Sarah Bernhardt. Le rire incassable*, Robert Laffont, 1987.

Pierre Spivakoff, *Sarah Bernhardt vue par les Nadar*, Herscher, 1997.

Nicolas Tafoiry, *Sarah Bernhardt et Belle-Île-en-Mer 1894-1923*, Éditions Ouest-France, 2015.

Bande dessinée consacrée à Sarah Bernhardt

Morris, Xavier Fauche, Jean Léturgie, *Lucky Luke*, tome 19. *Sarah Bernhardt*, Dargaud, 1996.

Catalogues de ventes aux enchères et documents relatifs à la succession de Sarah Bernhardt

Arthur Bloche, *Catalogue de diamants, colliers et bracelets en perles, très beaux bijoux... enrichis de rubis, émeraudes, saphirs, le tout appartenant à Mme Sarah Bernhardt-Damala…*, Hachette Livre / BNF, 2020.

Collectif, *Bibliothèque de Mme Sarah Bernhardt*, Première partie, Librairie Henri Leclerc, Paris, 1923. Consultable en ligne sur le site Gallica, Bibliothèque nationale de France : https://gallica.bnf.fr/ark:/12148/bpt6k6471315w

Collectif, *Catalogue des tableaux modernes, aquarelles, pastels, dessins, sculptures par Sarah Bernhardt, bijoux de théâtre, ceintures, bagues, broches, colliers, boucles d'oreilles, pièces anciennes & orientales ayant figuré dans "Cléopâtre", "Théodora", "La Tosca", "La Princesse lointaine", etc.*, Galeries Georges Petit, Paris, 1923. Consultable sur le site de l'INHA (Institut national d'histoire de l'art). Cote de l'original : VP 1923/464 ; cote du microfilm : Mfilm 35 1923 06 11 (bobine 205). https://bibliotheque-numerique.inha.fr/collection/item/60049-succession-de-mme-sarah-bernhardt-vente-du-11-au-13-juin-1923?offset=4

DU MÊME AUTEUR

Romans

L'AMPUTATION, Julliard, 1990.
L'ORCHESTRE ET LA SEMEUSE, Julliard, 1990.
LA MODÉLISTE, Julliard, 1990.
LE LONG SÉJOUR, Julliard, 1991.
LA QUATRIÈME ORANGE, Julliard, 1992.
LE VÉLIN, Julliard, 1993.
LE JARDIN CLOS, Gallimard, 1994.
LA LUNE DANS LE RECTANGLE DU PATIO, "Haute enfance", Gallimard, 1994.
LE VENTILATEUR, Gallimard, 1995.
LA VERRIÈRE, Gallimard, 1996 ; Folio n° 3107.
ELLE FERAIT BATTRE LES MONTAGNES, Gallimard, 1998.
LA PATIENCE SAUVAGE, Gallimard, 1999.
LA CHAMBRE D'ÉCHO, Le Seuil, 2001 ; Points n° 1062.
MÉSANGES, Gallimard, 2003.
PANDÉMONIUM, Gallimard, 2006.
NOTRE-DAME DES SEPT DOULEURS, "Haute enfance", Gallimard, 2008.
NOCES DE CHÊNE, Gallimard, 2008.
SUR L'AILE, Mercure de France, 2010.
SON CORPS EXTRÊME, Actes Sud, 2011 ; Babel n° 1362.
OPÉRA SÉRIEUX, Actes Sud, 2012 ; Babel n° 1234.
LA SPLENDEUR, Actes Sud, 2014 ; Babel n° 1512.
LE CHASTE MONDE, Actes Sud, 2015.
TROIS EX, Actes Sud, 2017.
PLATINE, Actes Sud, 2018 ; Babel n° 1664.
MUSE MASCULINE, Éditions Stilus, 2019.

Essais

COLETTE. COMME UNE FLORE, COMME UN ZOO, Stock, 1997.
L'ÉCRIVAILLON OU L'ENFANCE DE L'ÉCRITURE, "Haute enfance", Gallimard, 1998.
PETIT ÉLOGE DE LA PEAU, Folio n° 4482, 2007.
LE SYNDROME DE DIOGÈNE. ÉLOGE DES VIEILLESSES, Actes Sud, 2008.
LES LIVRES PRENNENT SOIN DE NOUS. POUR UNE BIBLIOTHÉRAPIE CRÉATIVE, Actes Sud, 2015 ; Babel n° 1444.

Formes brèves

LES ÉCARTS MAJEURS, Julliard, 1993.
GRAVEURS D'ENFANCE, Christian Bourgois, 1993 ; Folio n° 3637.
ALBUM, "Petite bibliothèque européenne du XXe siècle", Calmann-Lévy, 1995.
ICÔNES (poésie), Champ Vallon, 1996.
LA LIGNE ÂPRE, Christian Bourgois, 1998.
BLASONS D'UN CORPS ENFANTIN, Fata Morgana, 2000.
ÉMULSIONS (poésie), Champ Vallon, 2003.
LES ENFANTS SE DÉFONT PAR L'OREILLE, Fata Morgana, 2006.
50 HISTOIRES FRAÎCHES, Gallimard, 2010.
LOUISE AU VITRIOL, Invenit, 2016.
LA COULEUR VENUE DE LA TERRE, Invenit / Musée des Confluences, 2016.

Jeunesse

DES PETITS RIENS AU GOÛT DE CITRON (nouvelles), Thierry Magnier, 2008.
LA TÊTE AU CIEL, Thierry Magnier, 2013.
TOUT EN HAUT DU MONDE, Thierry Magnier, 2015.
DIRE L'AMOUR (collectif), Thierry Magnier, 2019.

OUVRAGE RÉALISÉ
PAR L'ATELIER GRAPHIQUE ACTES SUD
REPRODUIT ET ACHEVÉ D'IMPRIMER
EN JANVIER 2023
PAR NORMANDIE ROTO IMPRESSION S.A.S.
À LONRAI
POUR LE COMPTE DES ÉDITIONS
ACTES SUD
LE MÉJAN
PLACE NINA-BERBEROVA
13200 ARLES

DÉPÔT LÉGAL
1re ÉDITION : MARS 2023
N° impr. : 2206360
(Imprimé en France)